JN304361

黒揚羽の夏

倉数茂

ポプラ文庫ピュアフル

黒揚羽の夏

くろあげはのなつ

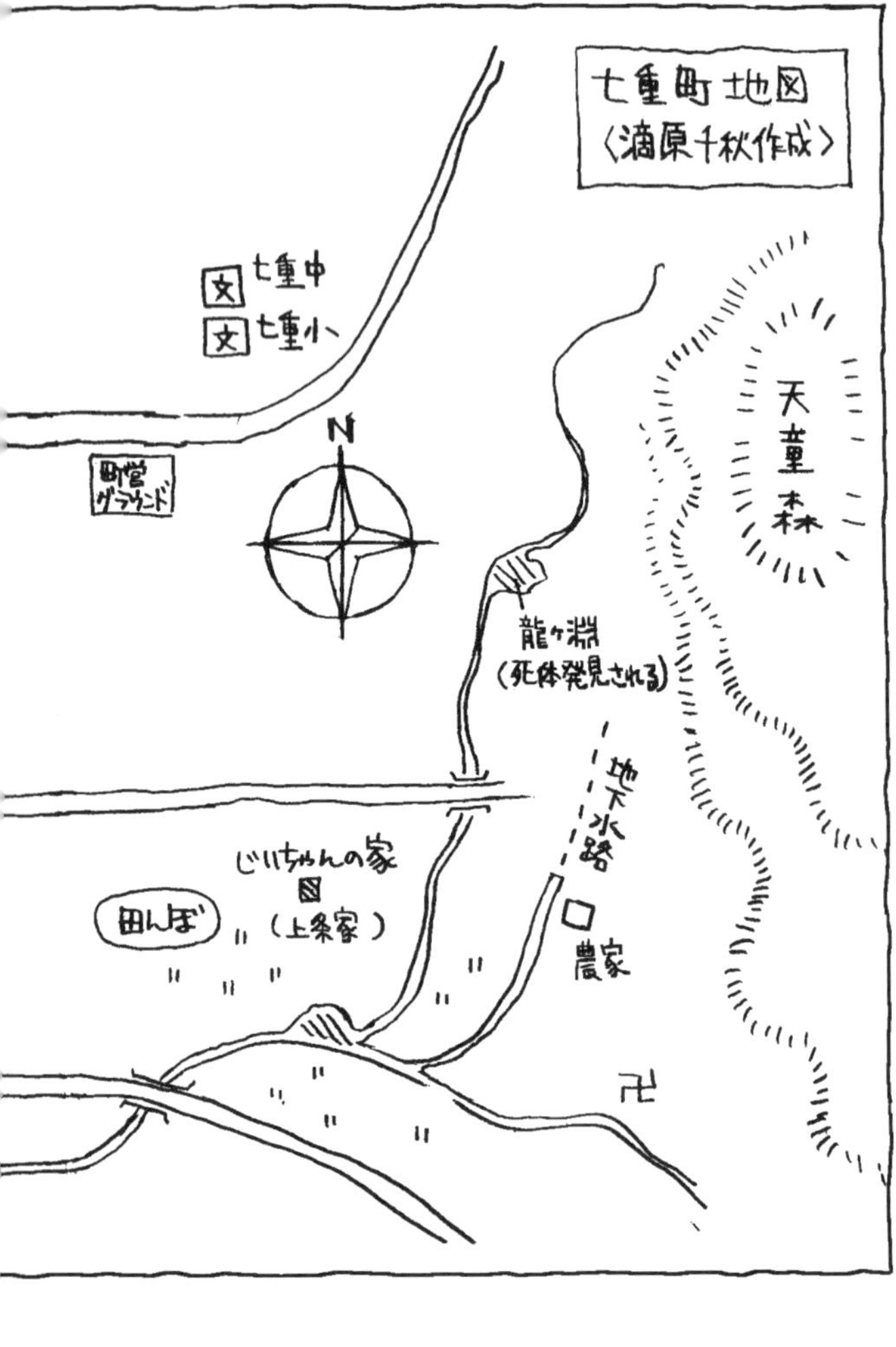
七重町地図
〈滴原千秋作成〉
七重中
七重小
町営グラウンド
N
天童森
龍ヶ淵
（死体発見される）
地下水路
じいちゃんの家
（上条家）
田んぼ
農家

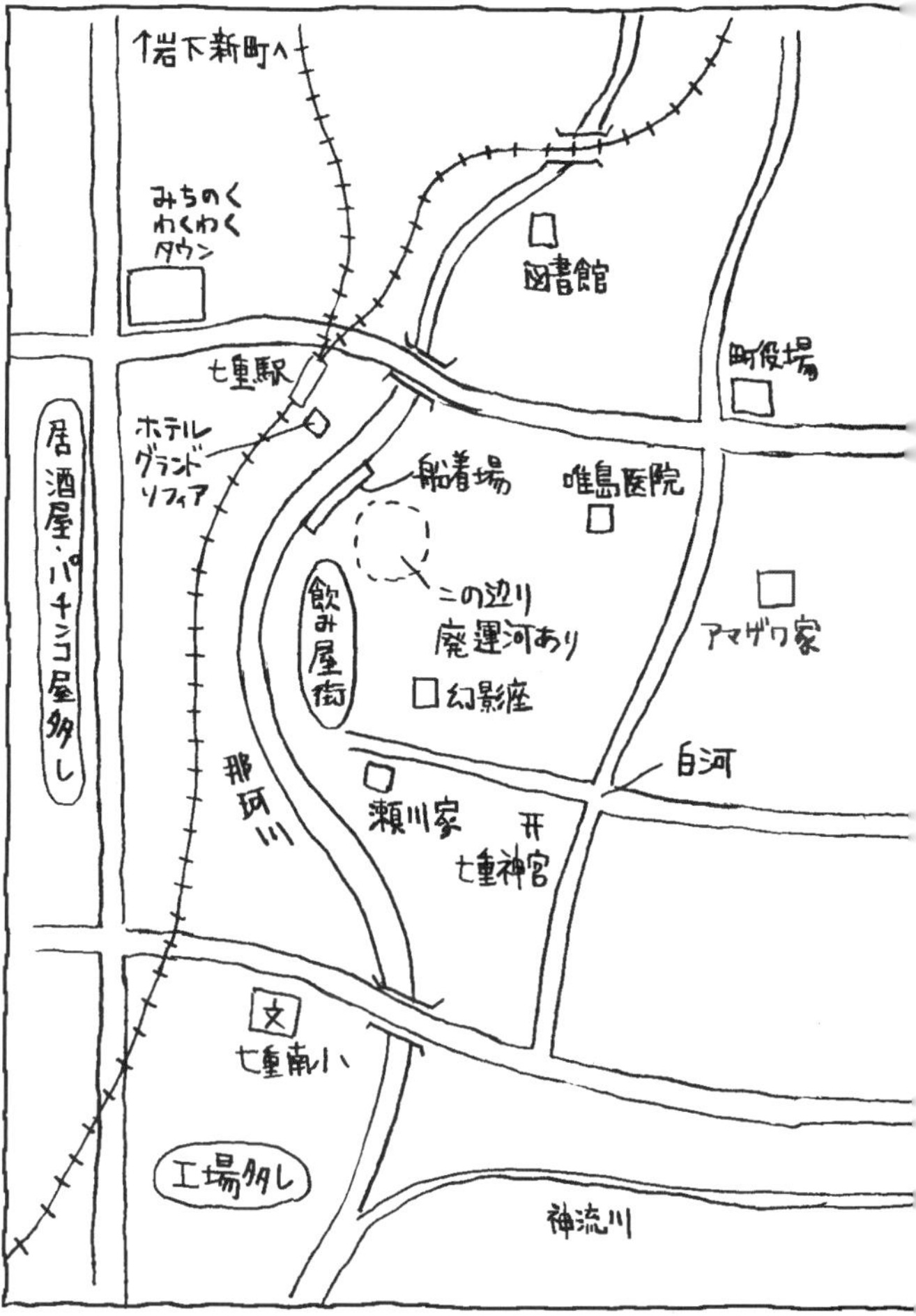

↑岩下新町へ
みちのく
わくわく
タウン
図書館
町役場
七重駅
ホテル
グランド
ソフィア
船着場
唯島医院
居酒屋・パチンコ屋多し
飲み屋街
この辺り
廃運河あり
アマザワ家
幻影座
白河
那珂川
瀬川家
七重神宮
文
七重南小
工場多し
神流川

目次

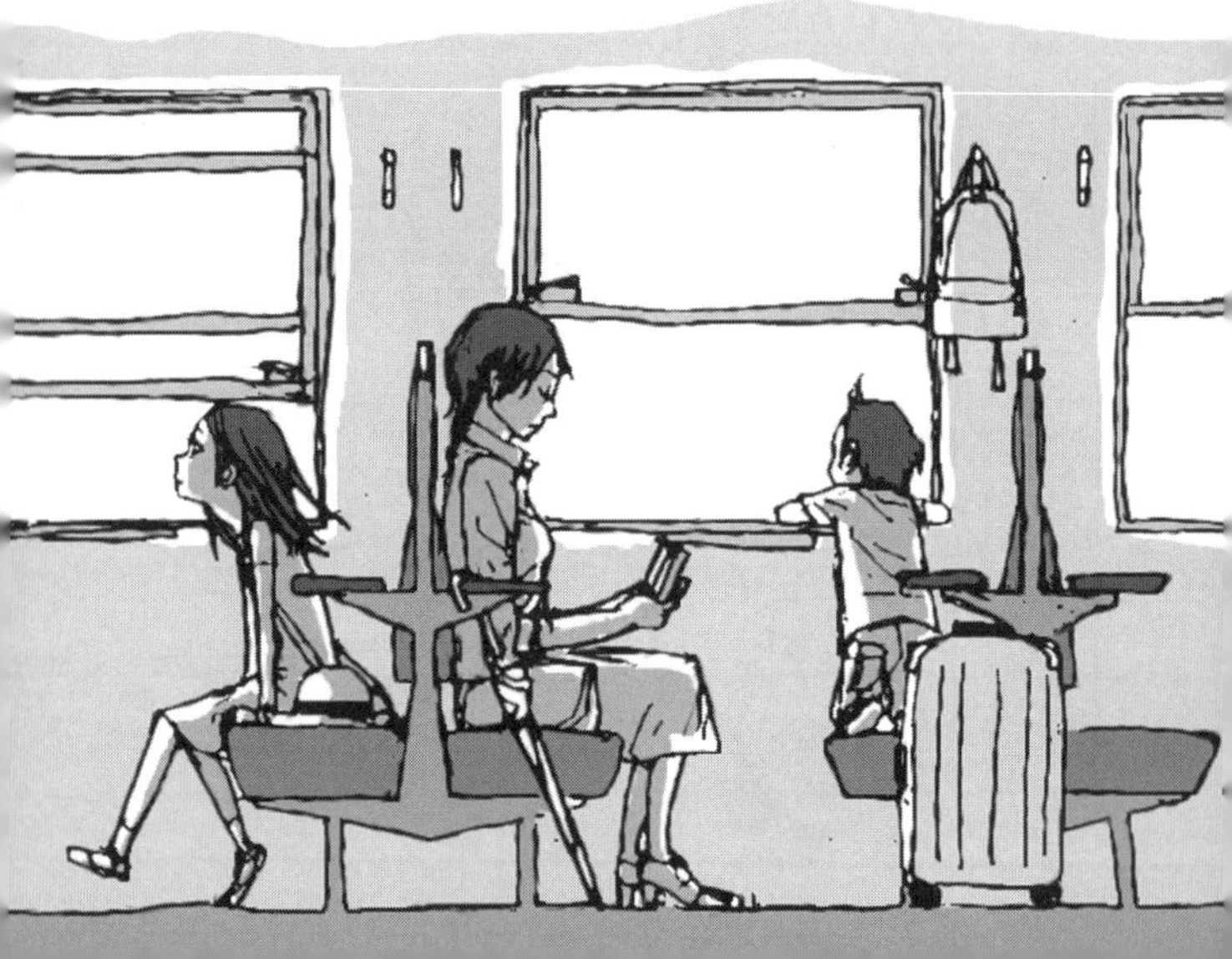

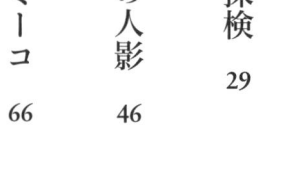

一、台風襲来

山際を進む車窓を、草木の緑が掠《かす》めるように走り過ぎていく。土手がぐいぐい近寄ってきて、再び列車は闇の中に呑みこまれる。窓ガラスが鏡になった。おにぎりを頬張る颯太《そうた》の姿が見える。列車はますます山深く入っていく。通過してきたトンネルの数を数えるのは、二十三でやめてしまった。

東京から新幹線で北に三時間。美和《みわ》は、最初乗り換え駅でこの列車を見たときに啞然《あぜん》とした。先頭と最後尾しか、つまり全部で二両しかなかったのだ。臙脂色《えんじいろ》に塗られた丸っこい車体もどこか古めかしく、これから行く、田舎というものがくすんで見えた。

けれども乗り込んでしまえば、がらすきの車内は新幹線よりずっとましだ。美和は自由に席を立って、ずっときつい顔つきのままでいる母親の隣から離れられることがうれしかった。千秋《ちあき》も少し離れた座席で、窓の外をずっと眺めている。千秋も、母も、朝からほとんど何も話してない。だから美和も、ほんの少ししか口を開かない。

「兄弟三人で、しばらく田舎に行ってほしいの」母親が言いだしたのは、夏休みが始まってから一週間目のことだった。「お母さんね、十日くらいお父さんとじっくりこれからのことを話し合いたいの。だいぶきつい言い合いになるときもあるかもしれない。だから、あなたたちは家にいない方がいいと思うの」

「田舎ってどこ」とっさに美和は聞き返していた。それ以上母親の話を聞きたくなくて、遮《さえぎ》るように尋ねたのかもしれない。

「お祖父《じい》ちゃんのところよ」

「お祖父ちゃんなんて、会ったことないよ。そんな知らない人のところ、行きたくない」

「小さいころに会ってるのよ」母親は言った。「だいじょうぶ。あまり馴染みがなくたって、お祖父ちゃんはお祖父ちゃんだもの。優しくしてくれるし、すぐに慣れるよ」

その言葉がかえって不安を煽《あお》ったのか、颯太が顔をしかめてぐずりだした。母親はため息をつく。隣の兄の様子をそっとうかがうと、千秋は青ざめた顔のまま唇をじっと嚙《か》みしめていた。

夜更けに、襖《ふすま》の向こうから、低く押し殺した話し声が聞こえてくるようになってどれくらいが経つだろう。何を話しているのかはわからないけれども、時折混じる鋭い調子から、二人が争っていることくらいは気づいていた。美和はひそかに、自分がきっかけではないかと疑っている。いや、きっかけというのはおかしいけれども、あのとき、自分が引き起こした火事が、家族の大切なバランスを崩してしまったのではないだろうか。考えてみれば実際そのころから、家族のあいだに冷たい刺々《とげとげ》しいような空気が漂ってきた気がするのだった。そう思うたび、美和の心のなかに、どうしてあのとき何もできなかったのだろうという悔恨の炎がぱっと燃え上がるのだった。

気がつくと、窓ガラスの向こうが夜明けの空のように白み始めている。トンネルの終わりが近いのだ。そう思ったときにはもう、列車は魚のように光のなかへ跳ね出していた。広々とした野が周囲に広がる。明るい午後の日差しがさんさんと降り注ぐ。東西を囲むのは滲《にじ》んだように青い山々だ。田んぼの苗の鮮やかさが目に沁《し》みる。美和ははじめて、この地の緑が東京より一段と柔らかく、濡れたように瑞々《みずみず》しいのを知った。

列車が徐々に速度を落とし、たった一つしかないプラットホームに停まった。アナウンスが流れるが、声が濁っていてよく聞き取れない。母親が立ち上がる。窓から見える駅名には、七重《ななえ》、とあった。

改札を出て、美和は再び唖然とすることになった。駅前だというのに人影が見当たらず、車も数台動いているだけだったからだ。これが町の中心部なのだろうか。ロータリーの向かいにある三階建てのホテルが一番大きな建物で、あとはアーケードになっている商店街とスーパーマーケットが目につくくらいだった。どこを探しても活気というものが見当たらない。

「変わっているようで、変わってないな」

母親がどこかうんざりしたように言った。

不意にクラクションが鳴る。おどろいて美和たちが振り返ると、ロータリーの外れにクリーム色の軽トラックが停まっている。しかし、運転席にいる禿頭《とくとう》の老人は、じっと前を向いたまま、こっちを見ていない。

「お父さんたら」母親が忌々《いまいま》しげに呟いた。彼女が近づいてゆくと、ようやく老人はゆっくりとこちらに向き直った。

「久しぶりだな。元気だが？」

「ええ、おかげさまでね」そう言いながら母親は助手席の方にまわってドアを開けた。

「この席に親子四人は無理ね。どうしたらいいのかな」話しながらも祖父とは目をあわせない。

「おまえは荷台さ行げ」祖父はぶっきらぼうに言った。

「そうね」と母親がうなずく。「千秋、あんた、お母さんと一緒にこっちいらっしゃい」

「僕も後ろに乗る」颯太が叫んだ。

「だめ。あなたと美和はお祖父ちゃんと一緒」抱きかかえられて無理やり助手席に押し込められる。美和も乗り込むと、祖父は痩《や》せた腕をのばしてドアを閉めた。

　車が動き出した。車内は、土臭いような、カビ臭いような臭いがする。美和は、祖父の体臭なのだろうかと思う。緊張しているのか、颯太も珍しく口を開かない。ふりかえるとガラス越しに、荷台に座り込んだ母親が風に目を細めているのが見えた。

　母親と祖父があまり仲がよくないことは薄々知っていた。クラスの友達とは違って、美和たちはこれまで母方の田舎に行ったことがない。行ってみたいと言っても、母は「何もないとこだから」と首をふるばかりだった。

「お母さんとお祖父ちゃんはあんまり折り合いがよくないんだよ」と父親が言ったことがある。「折り合いってなあに」と尋ねると、「一緒にいて辛《つら》くならないことだな」と答えた。

「それに、お祖父ちゃんはお母さんに大学まで行ってもらいたかったし、そのあとは県内か、せめて仙台《せんだい》あたりに住んでほしかったんだ。だけど、お母さんは高校を出るとすぐに東京へ来てしまった」

「どうして」と美和が聞くと、「俺がいたからさ」と父親はいささか得意そうに笑った。それでいて、すぐに顔を曇らせて、「今ではお母さんも後悔しているかもしれないな」と呟いた。

しばらく走るとすぐに建物は途切れた。田んぼのあいだに、ぽつりぽつりと背の高い木のかたまって生えているところがある。その梢《こずえ》の向こうに、藁葺《わらぶ》きの農家が身を隠すように建っている。

車は脇にそれてうねうねと蛇行する細い道を走っていた。幾度も小川を越えて、そのまま田んぼに飛び込むかに見えるカーブを曲がる。道路に張りだした竹藪《たけやぶ》をぐるりとまわったとき、幹のあいだからちろりと紅《あか》い色が見えた。祠《ほこら》だった。神様？　と美和は一瞬考えた。

トラックはその先の舗装が切れたところで停まった。降りた下は踏み固められただけの土で、奥に平屋が一軒建っている。どこがどうとははっきり言えないけれど、美和がこれまで見慣れていた建売住宅のどの家とも違っていた。

千秋が土気色《つちけいろ》の顔をして降りてくる。酔ったのかもしれない。最近、何をするにも気《け》だるそうだ、受験のことが心配なのだろうか、と母親は言うけれども、美和は違うと思っていた。むしろ、人に言えない何かを抱えているような感じ。

「黒すぐりがまだこんなにある」

いつのまにか母親は敷地の隅にある藪《やぶ》の前に立って何かを摘まんでいる。それ食べれるの、と颯太が駆けていく。母が、植物に詳しいなんて今まで知らなかった。祖父は車を車庫に入れると、先に立って家の戸をあけた。戸の錠は、二枚の引き戸の中央に穴が開いており、真鍮《しんちゅう》のねじをそこにねじこむだけというシンプルなものだった。

祖父が玄関の明かりをつける。美和は口のなかでお邪魔しますと呟きながら地下足袋《じかたび》のならんだ玄関に足を踏み入れた。初めて入る家の空気はよそよそしく、どこか美和を拒否しているようだ。それなのに、母親だけはつかつかと上がりかまちを越え、廊下を折れて視界から消えた。続けざまに薬缶《やかん》に水を注ぐ音と、ガスのつまみをひねる音がする。茶の間には、卓袱台《ちゃぶだい》がひとつ置いてある。祖父がどっかり腰をおろしたので、兄弟三人、ちんまりと部屋の隅に座った。

「んで、何年生になったんだ」沈黙に耐えかねたように祖父は言う。

「中二」ぼそりと千秋が答えた。

「小五」

「二年生！」颯太だけは元気だ。

母親が茶を運んでくる。湯呑みを卓袱台におくと、先にお線香あげてくるから、とまた立ち上がる。

「ああ、孫もおっぎぐなりましたって母さんさ言ってこ」

「ねえ、家の中、見てきていい」すかさず颯太が聞く。母親がうなずいたのを見て、これ幸いと美和も飛びついた。

「わたしも行く」

あわせて千秋ものっそり立ち上がる。

小さな平屋なのに、なぜだかずいぶん広く感じられる家だった。美和たちの暮らすマンションに比べて、天井が一段高い。部屋数だって多いとは思えないが、一部屋一部屋が、ぐんと伸びをしている。けれど家の中は散らかっていた。乱雑に束ねられた数ヶ月前の新聞紙が部屋の隅に積まれ、ゴミ袋には総菜のパックが押し込まれている。洗濯物も籠《かご》にたまっていた。外の埃《ほこり》が吹きこんでいるのか、畳を歩くと足の裏がざらざらする。

「ちょっとこっちいらっしゃい」母が呼んでいる。

襖をあけて、十畳ほどの部屋を見せられた。

「ここがあなたたちが寝る部屋。昔、お母さんが使っていたの」

「僕、畳で寝るの初めてだよ」颯太が言う。

「そうね。うちには畳の部屋ないものね」

日に焼けた黄色い畳。障子を開くと、田んぼが見えて風が流れ込んだ。ねえ、お母さん、と美和は袖をつかんで聞く。「お祖父ちゃんって何してる人なの？」

「昔は大工だったのよ。今はもう引退してるけどね。この家だってお祖父ちゃんが自分で建てたの」

へえ、と美和はあらためて家の中を見回した。金で買うのではなく、自分で家を建てるという発想が新鮮だった。

茶を飲み、持ってきた菓子を食べ終わると、じゃあそろそろ、と母親は腰をあげた。

「泊まっていかないのか」祖父が驚いて言う。

「ごめんなさい。明日、どうしても会社に出なければならないの。それに、明日台風が来るんでしょう？」

新幹線内の電光掲示板も確かそう知らせていた。何かを言いかけて呑み込んだ祖父をよそに、母親は手早く荷物をまとめて立ち上がる。

「飯くらい食っていったらどうなんだ」

「新幹線の時間があるから。途中で何か食べる。今から出ても向こうに着くの夜中だもの。駅までは送ってくれなくてだいじょうぶ。さっき電話横の時刻表で確かめたら、ちょうどバスが来る時刻だから」

そういうと母親は、玄関でハンドバッグから白い封筒を取り出した。

「それじゃ千秋たちをお願いします。それとこれ。食費くらいにしかならないと思うけど」

「いらね、そったなもの」と祖父ははらいのけた。母親は、そう、とため息をついて封筒を元通りにしまった。

「あのね、父さん、もう子供たちも知っていることだから言っちゃうけど、滴原《しずはら》と別れるかもしれないの」

「んで、子供だち預げんのが」

「ごめんなさい。迷惑かけてると思ってる」

「俺は最初から、あの男は虫が好かなかった」

「今さらやめてよ」母親が声を張った。「悪い人じゃないの。ただいつまでたっても大人にならないだけ」

「いつまでだ」

「二週間でいいから、お願い」

「僕、送っていくよ」

千秋が二人の会話を遮るように靴脱ぎに降りた。祖父は上がりかまちに立ったまま見送った。家の前の細い道は、ゆるやかに蛇行しながら低地の方へ下っている。母親がここまででいいと言うので、美和たちは草いきれの立つ坂の半ばで、母親の菫色《すみれいろ》の日傘と白いブラウスが西日のなかをゆっくりと遠ざかり、緑のなかの白い染みのようになるのを眺めた。やがてバスが来て、その小さな染みを拾っていった。お母さん、また迎えに来てくれるかなあ、と颯太が言い、美和は、なに言ってんの、馬鹿、と叱りつけた。

さあ、帰ろう、と千秋が言った。一日の疲れに今気がついて、体がぐったりと重くなったようだった。けれども、美和はふと思い出して、突然向きをかえると、道をそれて小さな林の中に踏み込んだ。

「ねえ、あっちの方、見て。小さな祠があるよ。来る途中に気づいたの」

千秋はあからさまに、それがどうしたという顔をしたが、すでに颯太は藪の中に分け入っていたし、美和は木製の小さな鳥居をくぐっていた。祠は片側が竹藪になっている林のあいだに半ばひっそりと草に埋もれるようにして存在していた。最初、学校の校庭の片隅にある百葉箱をさらに古臭くしたようにしか見えなかった。その脇に、肩ほどの高さの石でできた碑があった。千秋が、刻まれた文字を指でたどる。

「なんて書いてあるの」美和が尋ねた。

「ちょっと待って。丹沢《たんざわ》の丹に生っていう字だ。それに神社分社。あとは細かくてわかんないや。字のなかに苔《こけ》がはりついているし」

そのあたりの地面は、夏だというのに、腐りかけた落ち葉のために踏むとふわりと体が沈んだ。肝心の祠も、ところどころ朱が剝《は》げ、白茶けた木地が剝《む》き出しになっていた。その木のへりを小さな赤い蟻が、一列になって行進している。緑青《ろくしょう》の浮き出た扉の蝶番《ちょうつがい》が外れていた。

「中に何が入っているのかなあ」美和が言った。

「御神体だろ」

「御神体ってどんなもの？」

「さあ。鏡とか」

「開けてみようか」

「いやだよ。やるなら勝手にやれよ」

「大丈夫だよ。きっと開かないよ」

しかし、触れると朽ちかけた観音扉は簡単に開いた。中を見て美和は息をのんだ。

「何だ、空っぽじゃないか」千秋が後ろから覗き込んで言う。

「うん、でも」美和は首をかしげた。祠の薄汚れた内部には、鴉《からす》のものなのだろうか、ただ一枚だけ大きな黒い羽根が落ちていたのだった。


その晩、食事を終えた颯太が疲れて眠りこんでしまうと、縁側でタバコを吸っていた祖父は、もう寝ろ、と言って、千秋たちの部屋に大きな蚊帳《かや》を吊った。はじめて入る蚊帳は、かすかに線香の匂いがし、内側からは部屋の中の様子がわずかにかすんで見えた。千秋たちは布団に横になった。扇風機が部屋の隅で首をまわしていた。明かりを消すと、開け放しの窓から青白い月光が流れ込み、畳の目を白く輝かせてまるで水が流れているように見せた。千秋は長いあいだ眠れなかった。虫の声がにぎやかすぎたし、外からひんやりとした空気が入ってくるのにも慣れなかった。暗がりでじっと横たわっていると、畳の匂い、草の匂い、そして庭のどこかで香っている甘い花の匂いが、夜の大気のなかで混然となって漂ってきた。千秋はこの家の外に広がっている水田と雑木林を思い、その先の小さな町を思い、さらにその向こうに広がっている茫漠《ぼうばく》とした広大な暗がりを思った。それは父や母がいる東京までつながっていた。

やがて仄暗《ほのぐら》い眠りにすべりこんだ千秋は、不意に激しく戸を叩く音に気づいて目を開けた。鉄の扉を誰かが叩いている。チャイムも立て続けに鳴らされていた。千秋は立ち上がる。饐《す》えた生ごみの臭いのたちこめる暗い部屋。せわしい羽音を響かせて一匹の蝿《はえ》が、隅から隅へと飛び回っている。

「警察だ。いるんだろ。早くここを開けなさい」

「児童相談所です。幾つかお伺いしたいことがあります」

「開かないならこちらでこの鍵を開けるからな」

扉の向こうで複数の人間がわめき声をあげている。千秋はあせって室内を見渡した。どこか隠れるところがあるだろうか。押入れ、あるいは寝室のクローゼット。ふと、カッツンがすでに出て行ってしまったことに気がつく。彼らが捜しているのはカッツンなのに、千秋一人が取り残されたのだ。千秋は激しい悔恨に襲われる。もう遅すぎたのだ。扉の外で騒いでいる連中によってたかって責められるのは自分ひとりだ。

さよなら、カッツン。僕は何もしてあげられなかった。

そこで千秋は目を覚ました。背中がびっしょりと冷たい汗で濡れている。そこはカッツンの暮らしていた密閉されたマンションではなく、外から涼しい風の吹き込んでくる田舎の祖父の家だった。深く息を吐きながら、しばらくじっと暗闇の中に横たわったままでいた。これまでも何度か見た悪夢だった。目覚めた後でも動悸《どうき》が静まらず、今見た情景をそのまま指先で触れることができそうな気がするほどリアルな夢だった。

翌朝になって千秋は、この地方の光が強く透明で、何もかもが今、切り出されたばかりのようにくっきりと見えることに驚いた。千秋は庭を歩き回り、生垣の上に咲いた黄色い鮮やかな花を眺めたり、軒先のツバメの巣に目をとめたりした。門の脇にある欅《けやき》が波のように葉を震わせるのさえ、街育ち、マンション育ちの千秋には珍しかった。家の裏手は小高い丘になっており、背の高い樹木がまばらに生えていた。やがて美和と颯太も降りてきた。颯太は何を思ったのか、一昨日買ってきた折りたたみのできる捕虫網と虫かご、ルーペなどのそろった虫取りセット一式を身に着けていた。しばらくそこで遊んでいると、生垣の向こうから、あら、あなたたち、上条《かみじょう》さんのお孫さん、と声がかかった。六十過ぎの女がこちらを見ている。千秋がうなずくと、彼女は、わたしお隣の三上《みかみ》って言うの、ほんとうに珍しいわねえ、とうなずきかえした。

三上のおばさんが、上がって茶でも飲んでいけと言うので、祖父に断ってから、千秋たちは隣の家に上がりこんだ。三上のおばさんは母親がすでに帰ったと聞くと少しがっかりしたようで、母親である雪子《ゆきこ》ちゃんのことは、赤ん坊のころからよく知っているのだと言い、三人を矯《た》めつ眇《すが》めつ眺めては、雪子ちゃんに鼻が似ている、目が似ていると何度もくりかえした。颯太は初めて見る水羊羹《みずようかん》をしばらくルーペで念入りに観察していたが、一口匙《さじ》ですくうと、これはあんこなのかプリンなのかと聞いて、三上のおばさんを嬉しがらせた。それからもおばさんは、今年はキュウリの出来が今いちだとか、近所に餌付《えづ》けをする人がいるので野良猫が増えて困るとか、最近近くで子供がさらわれる事件があったので孫にこの夏は来ないように言ったとか話をしていたが、最後に家に戻ろうとする千秋たちに向かって、今日は台風が来るから外に遊びに行くのはやめた方がいいと言った。今年最大の台風が、夜中にこの地域を直撃するのだった。

家に戻ると、祖父はおらず、蕎麦《そば》を茹《ゆ》でたと書き置きがあった。一人暮らしの長い祖父は、蕎麦四人分の分量の見当がつかなかったに違いない。ありったけの蕎麦を鍋に放り込んだらしく、たらいのなかで蕎麦は富士山のような山容を見せていた。それでも三人で奮戦して、三分の一ほど山を崩したとき、がらがらと引き戸を開けて祖父が帰ってきた。どこか上気した様子で、肩にかけた手拭いで顔をぬぐっている。

「千秋」祖父は大声を出した。「大雨降ったら外のどぶがあふれるかもしれねえ。どぶされい手伝ってくれねえが」

そして千秋がついてくることを疑いもしないように、玄関へ戻ると長靴や雨合羽《あまがっぱ》をそろえだす。美和は窓際に立って外をのぞいてみた。いつのまにか西の空が、インクを滲ませたような暗い色にかわっている。どこか遠くで雷が鳴った。足もとがすうっと寒くなるような音だ。また、がらりと玄関が開く。

「上条さん、いますか」

「ああ？　どうも」祖父が応対する。

「いや、一人暮らしで七十以上の方、まわってるんですけども。何か困ったごとありませんか」

「いやいや、おかげさまで」

「何があっだどきの避難場所は東根《ひがしね》小の体育館ですから」

「あら、わざわざありがとうございます。白根沢《しらねざわ》の方はどうだべねえ」

「あっちは崖崩れの危険性ありますからねえ、そのうち避難勧告でるかもしれねえです」

「はあ、ほんとごくろうさまです」

「まんず、気をつけてください」

客は意外と呑気な口調で挨拶して帰っていく。千秋と祖父もシャベルを持って外へ出ていった。美和と颯太は、ガラス窓にぺったりと額をおしつけて外を見た。ちょうど、薄墨色の雲から大粒の雨がばらばらと落ち、白かった地面を一気に黒く濡らしていくところだった。

「汚れるから颯太は外に出ちゃだめだよ」美和が言うと、「姉ちゃんも汚すから外に出ちゃだめだ」颯太が言い返す。

「颯太が出なけりゃ、わたしも出ないよ」

「姉ちゃんが出なけりゃ僕も出ない」

「それじゃあ、一緒に出よう」

二人はガラス戸のサッシを開けて外に出た。軒先に立って見上げると、雨は白い筋のように空を埋め尽くしていた。その空を罅割《ひびわ》れのような稲妻が青く走り、次の瞬間、千の銅鑼《どら》を震わせたような雷鳴が鳴った。美和は少し怖くなり、再び家の中にひっこんだ。気がつけば自分の足も颯太の足も、滴《しずく》がはねて泥だらけになっている。

「颯太。足洗おう。このまま家の中歩いたら祖父ちゃんに叱られるよ」

「祖父ちゃんって怒ると怖い？」

「さあ、わかんないよ。だけど叱られるのいやでしょ。お風呂のとこ行こう」

お湯の温度を調節して、颯太の足を洗面器で洗ってやるあいだ、家全体が白っぽい雨の音に包まれているようだった。擦りガラスの向こうで背の高い庭木の影が踊っているように揺れているのも気持ちが悪かった。

美和は勇気を出すために、あめざあざあと唄った。最初小さな声で、次に大きな声で唄った。なあに、それ、と颯太が聞く。いま作ったの。台風の歌。颯太も唱和する。あめざあざあ、かぜぴゅうぴゅうぴゅう。

けれど廊下に出てみると、いつのまにか雨は小止みになったらしく、すかしてみても短く細い糸のような線が見えるだけだった。美和は千秋たちがどうなったか気になりだしたので、もう一度颯太と外へ出ることにした。ただし今度は母親が持たせてくれた折りたたみの黄色い傘を持った。

出てみると、やはり雨はほとんど降っていなかった。門のところまで行っても千秋たちの姿は見当たらず、ただ欅の樹がせわしく葉を鳴らし、鋳割ればかりのアスファルトに大きな水たまりが幾つもできていた。

美和は水に足を踏み入れないよう注意しながら、あいだを縫うようにして歩いていった。そして、ふと立ち止まって見下ろすと、水たまりのなかをちぎったような黒い雲がぐんぐん駆けていた。鏡のようだ。美和は思う。地面の下に空があって雲があって風が吹いている。そっくりだけど、まるで、あべこべだ。どっちが本当でどっちが嘘なのか。水面には黄色い傘を持って、唇をぎゅっと結んだ女の子の姿も映っていた。美和はその姿を見ながら、彼女は誰だろうと考えるふりをする。あなたはミワね、地面の下のあべこべのミワ。

しかしその瞬間、彼女はびくりとして小さな声をあげた。水のなかから、赤い服を着た髪の長い女が物凄い目をして睨んでいたからだ。美和はびっくりして後ろをふりかえった。けれどもそこには誰もいない。かわりに、ごうと風が鳴って津波のような空気のかたまりが正面からぶつかってきた。傘の骨が中途で裏がえると、そのまま美和の手を離れ、くるくると回りながら屋根を越えて消えてしまった。美和は呆然として、飛ばされてしまった傘の行方を見送った。

気づけば隣の颯太も両手をだらんと垂らしたまま傘の消えた空を見上げている。美和は目がちかちかして頭の奥が鋭く痛み、耳元でキンと音叉《おんさ》を打ったような音がして気が遠くなった。このまま地面に倒れ、水たまりの奥に落ち込んで二度と戻れないような気がする。

　不意に大人の大きく湿った手が頭の上におかれた。見ると雨合羽を着た祖父が立っていた。その後ろから大きな泥はねをつけた千秋がやってくる。美和は我にかえって身震いをした。

「なにが飛んでくるかもしれねえがらな。こんなどこさ立ってねえで、早ぐ家の中さ入れ」

「黄色い傘なくしちゃったの」美和は祖父を見上げて言った。

祖父は最初、あ、あ、とよくわからない様子だったが、すぐに、まだ買ってやるから家の中さ入ってろ、いま体拭いてやるがらな、と言った。


　その日の明け方まで嵐は吹きあれた。その午後、千秋は家のあちこちを補修して回る祖父を手伝って、緩《ゆる》みのきている垣根の根もとを結《ゆ》わえ直したり、破れたトタンに継ぎをあてたりした。それが終わると祖父は、やはり念のため修理を頼みたいと呼びに来た近所の家へ出かけていった。家を出る前に、祖父は、風で電線が切れるかもしれねえ、切れたらこれを注意して使え、と言って、懐中電灯と大きなロウソクとマッチを渡した。思わず後ずさりした美和を見て、千秋があわてて受け取ったのだった。

幸い電気が止まることはなかったが、すべての雨戸を閉め切った家の中は蒸し暑かった。じっとしているだけで汗が噴き出し、ねっとりとした空気が肌に触れるとそのまま汗にかわるのではないかと思うほどだった。祖父は一度だけ戻ってきて、スーパーの袋に入った弁当を置いて、また出ていった。それを食べてしまうと、千秋たちは布団に入った。雨戸は休みなくがたがたと鳴り、窓から外をのぞくと、雨が斜めに矢のように走る向こうで稲妻がぱっぱっぱっと間断なく閃《ひらめ》いていた。

不安がる颯太のために、美和が自分で作ったお話をしてやっていた。山の中に残された三人の兄弟が、水たまりの鏡をくぐってあべこべの世界に行くという物語だった。

「そのソウタというのは僕のこと？」颯太が尋ねた。

「ソウタはソウタだけど颯太じゃないの」

「ソウタはソウタだけど颯太じゃないんだね」颯太は納得したようだった。

「どうしてソウタたちはあべこべの世界に行っちゃうの？」

「それはね、呪文を唱えたから。それを聞いてあべこべの世界の住人が、こっちへ来いって呼び寄せちゃったの」

「それ、どんな呪文？」

「あめざあざあざあ、かぜぴゅうぴゅうぴゅう」

「僕それ知ってるよ。あめざあざあざあ、かぜぴゅうぴゅうぴゅう」

食べれば食べるほどお腹がすき、飲めば飲むほど喉が渇くあべこべの世界の食べ物でもてなされたあと、ソウタたちがあべこべの国の女王の宮殿に招かれたところで美和の声が途切れた。どうしたのだろうと思って千秋が寝がえりを打ってみると、二人は、額をくっつけるようにして眠っていた。

仰向けになって天井で小さく輝く豆電球を眺めながら、今日の午後にした祖父の手伝いを思い出す。大工の仕事なんて初めてだったし、ましてや吹きつける風や雨の中で作業をするなんて想像したこともなかった。もっとも彼はただ懐中電灯で祖父の手もとを照らしたり、指示されるままに道具を取って渡したりしていただけだったのだが、それでも雨粒が首筋から滝のように流れ込み、雨混じりの風が正面から吹きつけてくると、両目をきちんとあけていることさえ難しい。千秋は、懐中電灯の光をぶれさせてしまって、何度も祖父から大声で叱咤《しった》された。だいたい、はいとかわかったとか返事するのさえ、ありったけの声をはりあげないと聞こえないのだった。

自分なんてずいぶんちっぽけなもんだ、と彼は思った。風の中の木の葉や、水たまりでもがく蟻とおんなじだ。いや、風にぐんぐん吹きまくられているときに感じる自分のちっぽけさは、普段学校や家で感じている無力さと比べたらどこか爽快だ、と気がついた。あのとき、千秋は雨の中、風の中を思いっきり大声をあげて走り回りたいような衝動を感じたのだった。俺は今ここにいるぞ、と叫びながら、両腕を振り回してずぶ濡れになって走りたい。

タオルケットを顔に押し当て、思わず噴き出た笑いを押し殺す。もしも雨の中で素っ裸になりたいなんて言ったら、クラスの女子からは馬鹿じゃないのという目で見られるだろうなと思ったからだった。あいつらは自分たちだけのときは結構いやらしい話もしているくせに、他人のことは何でもヘンタイだなんて言って排斥してしまう。けれどもここにはクラスの友達も塾のクラスメートもいない。受験の話も友達の噂も追いかけてこない。そうだ。もっとこの町のことを知ろう。この町を探検して自分のものにしてやろう。千秋はそう考えてにんまりとした。急に、自分が今いる場所が身近なものになったように思えた。

二、七重町探検

　翌日は昨日の天気が嘘のように晴れ上がった。朝食が済むと、千秋がこの町の地図を作ると言いだした。

「地図？」美和は聞き返した。まだ眠気が抜けきらないせいで、千秋の言うことがぴんとこない。「お祖父ちゃんに言えば持ってるかもしれないよ」

「市販の地図じゃ駄目なんだよ。自分たちで作るんだ。自分で探検した場所を全部書き込んでいって、僕らだけの地図を作るんだよ」

　あ、と美和には思い当たるものがある。「それって、物語の本なんかの最初のページにあるようなやつ？」

「まあ、そうかもね」千秋はにやりとする。兄にのせられていると思いつつも、美和は急速に目が覚めるのを感じていた。颯太までがそんな姉を見て、地図地図と騒ぎだす。

「よし、それじゃ決まりだ」

　前日、お隣の三上さんの家の居間にパソコンがあるのを見たので、千秋は隣にお邪魔して、ダウンロードした七重町の航空写真を、持ってきたＵＳＢメモリーに保存した。三上さんのうちにはプリンターがなかったので、おばさんに聞いてみると、いつもメールで送られてくる孫の写真を打ち出してもらっている写真店に行けばいいだろうと言う。

「ちょうどいい。そこから地図作りを始めよう」

ながらがらのバスに乗って十分間。三つ目の停留所で降りる。そこは町外れらしく、それまで続いていた水田が道路を境に宅地にかわっていた。

「ああ、あれだ」

千秋は写真店の看板を見つけて駆けていった。あとに残された美和は、颯太と一緒に道路のへりをぶらつく。昨日の雨で大気中の埃が洗い流されたのか、空気は痛いほど透明で、日差しがまるで肌に突き刺さるようだ。

「あ、見て、あの雲」

美和は正面の峰の向こうの入道雲を指差した。まるで山が噴煙をあげているみたいに巨大な積乱雲がむくむくと盛り上がっている。だが颯太はその声には反応せず、じっと道路の先に目を凝らしていた。

「どうしたの」

「お姉ちゃん。あそこに何かいる」

「ちょっと、もう。颯太やめてよ」

「ほら、あの樹の影の部分」

颯太が指差した先では、一群の樹木が日の光を浴びていた。路面の上で樹の影は、くっきりと影絵のように切り抜かれている。白と黒のコントラストがあまりに激しいので、じっと見ているとやがて目がちかちかしてくるほどだ。いつのまにか息をとめて見入っていた美和は苦しくなって目をあげた。道路のずっと向こうの方で、逃げ水が輝いている。

ふと、視界の隅で赤いものが光った。道路の脇を流れている水田用の水路際に携帯電話が落ちている。半ば泥に埋もれているものの、汚れていない部分はまだ真新しく見える。美和は道路際に寄って下を覗き込んだ。確かに、何日間も放置されていたものには見えない。雑草の生えた土手の傾斜はかなり急だったが、四つん這いになれば、何とか下まで降りられそうにも思えた。

美和は意を決すると、ズボンの裾をまくりあげた。後ろ向きになって降りだすと、運動靴の爪先が雨で柔らかくなった土にめりこむのがわかる。増水している茶色い水面に転げ落ちたりしないよう、美和はあくまで慎重に、ぎりぎり水際に手が届くところまで這い降りて、携帯をひろいあげた。

這いあがるのは降りるのよりも簡単だった。ハンカチで泥をぬぐい、ついでに自分の指もぬぐっていると颯太が、それ、まだ使えるの、と聞いてくる。さあ、どうだろう。さすがに昨日の雨に打たれていたらだめじゃないかと美和が答えかけたとき、手のひらの中でボディがぶるっと震えた。思わず取り落としそうになり、あわてて握りなおした。誰かから電話がかかっているのだ。少し迷ったが通話のキーを押す。耳元にあてると、かすかな息づかいが聞こえてきた。緊張してしまって思わず唾《つば》を飲む。

「あのう、すみません。この電話わたしのじゃないんです。道に落ちてたのを今ひろったんです」

たすけて。声がした。美和とさして年のかわらぬ女の子の声だ。ここ、暗いの。まっくらなの。あなた誰。どこにいるの。啜《すす》り泣いている。

美和は、急に自分が深い穴に落ち込んでしまったような気がした。眩《まぶ》しかった陽光が突然色褪《いろあ》せて見える。これは全部、幻聴か、それとも手の込んだいたずらか。通話はまだ終わっていない。それどころか、いつのまにか相手が変わっていた。今度受話口から漏れてくるのは、喉の奥を鳴らす女の低い笑い声だった。

ねえ、あなたもこっちにいらっしゃいよ。女は言う。いいもの見せてあげる。とってもきれいなもの。あなた、宝石なんて好き？　わたしのところにいっぱいあるの。るびい、さふぁいあ、こはくにめのう。だけど、わたしがいっとう好きなのは水銀。水銀はね、大地の涙なの。だから飲むととっても苦くて悲しいの。わたしの宝物ぜんぶ見せてあげる。だからね、わたしにも見せて。あなたのなかの大切なものをぜんぶ見せて。

美和はやっとの思いで通話終了のキーを押した。炎天下に立っているのに、足もとから寒気が這いあがってくる。颯太が不思議そうな顔で見つめていたが、どう説明していいものか困惑した。

千秋が帰ってきたとき、美和はそのまま携帯を投げ捨てるかどうか迷っていた。もうこんなものを持っていたくなかったが、携帯のように高価なものを道に放り出していいとも思えなかった。千秋は、今そこでひろったとこだとだけ聞くと、すぐに、じゃあ、交番にとどけなきゃな、と言った。

「僕があずかるよ」そう手を差し出されて美和はほっとした。

「次は図書館に行こう」千秋は言った。「今の店で道順は聞いてきた」

　そこから歩いて二十分ほどの図書館は、古くも新しくもない、印象に残りづらい建物だった。案内を見ると一階が図書館、二階は簡単な催し物などができるスペースと会議室になっているらしい。今やっているのは町内在住素人カメラマンによる「七重町の四季」。なんだか地味な感じだ。

　千秋と颯太は空調の通風口の下に立ち、しきりにシャツの襟元をぱたぱたやっている。確かに直射日光の下を歩いてくるのは辛かった。

　千秋は机を確保すると、七重町の全景が収められた航空写真を取り出して、ノートに河川や主要な道路を写し始めた。図書館にあった地図も持ってきて、町役場や小学校といった目印になりそうな建物も描き込んでいく。颯太の方は、最初は児童書コーナーに行って絵本を眺めていたが、そのうち飽きたのか、付属の庭園とエントランスを行ったり来たりして遊んでいる。適当な時間に呼び寄せて水を飲ませてやらなければならないと思いながら、美和は書棚のあいだをさまよって、ルイス・キャロルの未読の一冊を抜き出した。

　四時過ぎに三人は再び外に出た。図書館の庭園はそのままなだらかに幅の広い川べりにつながっている。川はゆったりとした曲線を描きながら、巨大な帯のように平野をよぎっている。

「那珂川《なかがわ》だよ。この川がこの盆地で七回蛇行するというのが七重町という名の由来なんだ」千秋は得意そうに言う。

「もともとここは水運で栄えた町なんだ。特にもっと山の奥にある岩下《いわした》鉱山とともに発展してきた。だけど、その鉱山が廃山になってからは、あまりぱっとしないみたいだけどね」

「図書館で調べたんでしょ」

「そうだよ。明日もまた来ようと思ってる」

千秋の航空写真を見ながら、三人は川に沿って南下した。樹木があり、川面から風も吹いてくる堤の上の道は比較的歩きやすかった。最初河原は実際に水が流れている部分の何倍もあり、そこは野球のグラウンドやテニスコートになっている部分を除けば、草がぼうぼうに生えた空き地になっていた。しかし歩くうち、徐々に河原はせばまり、水面が堤のすぐ真下まで来るようになった。そして不意に堤防は途切れ、川の一部が町の内側へ張り出した。

それまで辿《たど》っていた道は、九十度折れて町の奥へ向かっていた。自然に美和たちも町の中央に入っていく。途中で交番に寄って落ちていた携帯電話を届けた。美和はおずおずと、かかってきた奇妙な電話についても一通り話したのだが、警官はあくびをかみ殺しながら適当にうなずくだけだったし、千秋は「へ、気色悪い」と言っただけだった。それから変哲もない町並みをしばらく進むうちに上り坂になり、建物と建物のあいだを縫っている急な階段を何段も上ったあと、突き当たりの角を折れて美和はあっと声をあげた。目の前に白いまっすぐな下り坂がのびて輝く川面までつづいている。

「よし、一気に下まで駆け下りるぞ」

千秋が叫んで大きく両手を振り回しながら走り出した。美和があとを追い、颯太も遅れじと必死についていく。コンクリートの路面には滑り止めのための輪っかが刻まれており、スニーカーがすれてきゅっきゅっと鳴った。三人は息を切らせて走り続け、坂の終点で立ち止まって肩で息をしながら笑った。

それから美和は、どこかこの通りの空気が違うことに気がついた。

通りの両側に並んでいるのは、どれも原色の看板をかかげたパブやスナックだけだった。まだほとんどはシャッターが下りており、どこか気だるい雰囲気を漂わせた女たちが、軒先に立ってタバコを吸っている。たいていはまだ素顔だが、なかにはびっくりするほど化粧の濃い女もいた。女たちの多くは寝巻き姿で、美和はいつのまにかいけない場所に迷い込んでしまったような気がして息をのんだ。色の浅黒いシュミーズ姿の女が、しゃがんでタバコをにじり消したとき、片方の乳房が剝き出しになり、千秋があわてて視線をそらしたのを美和は見た。しかし日中の飲み屋街はどこまでも森閑《しんかん》としていて、動くものといえば、白いシャツに蝶ネクタイをして箒《ほうき》を使っている若い男だけだ。

美和たちは、物音のしない通りをそっと通り抜けた。痩せた野良猫が、ポリバケツの陰からこちらの様子をうかがっている。それに気をとられているうち、美和はすれちがった男にぶつかってころんでしまった。短い髪を金色に染めた若い男で、ちっと舌打ちをして美和を睨みつける。けれども次の瞬間美和の目にとまったのは向かいの角からこっちを見ている二人の少女だった。一人は背が高くすらりとしているが、もう一人は子供らしくふっくらとしている。美和と目が合うと、すらりとした方が顔をしかめてみせた。美和がどぎまぎしながら立ち上がったときには、すでにその二人の姿は消えていた。

不意に颯太が、走り出した猫を追いかけ出した。猫は建物と建物のあいだに走りこむ。颯太があとに続き、その颯太を追って美和たちも大人一人がかろうじて入れるくらいの隙間にもぐりこんだ。

積み上げられたビールケースの下にうずくまって猫はこちらを警戒している。颯太が近づくと、猫は身をひるがえして逃げ、数歩先でまた立ち止まる、ということをくりかえした。

「颯太、もうあきらめなさいよ」

「僕、あんぱん持ってるんだよ。あんぱんあげるんだ」

「猫ってあんぱん食べるの？」

「食べるよ」自信満々にうなずく。

「野良猫だからな、そう簡単には人になつかないんだよ」千秋がうんざりした様子で言った。

いつのまにか美和たちもすっかり建物の隙間に入り込んでしまった。猫を刺激しないよう息をひそめていると、外の通りに誰かがきて立ち止まった。金色の髪がちらりと見えたので、美和は先ほどの不良じみた男だと気がついた。隣にいる誰かと話をしている。内容までは聞き取れなかったが、二人は明らかに言い争っているようだった。突然、荒々しい罵声《ばせい》が放たれる。

「取り締まりだって強化されてんだよ」

その声に驚いたのか、猫がすばやく道路に走り出たのを颯太は飛び上がって追いかけた。美和と千秋もあわててあとを追う。猫について颯太が九十度曲がった瞬間、その角の向こうで何かがぶつかる音と悲鳴がした。駆け寄ると、颯太と二人の女の子が建物の陰に倒れている。美和はその少女たちが先ほどの二人組であることに気がついた。

「ちょっと、何よ。いきなり飛び出してこないでよ。びっくりするじゃない」背の高い方の子が立ち上がって埃を払いながら文句を言った。

「だって、そっちが変なところにしゃがみこんでんだもん」颯太が反論する。そのとき美和は、地面に白い紙切れが落ちているのに気がついて拾い上げた。

だが先ほどの悲鳴が男たちの注意をひいたようだった。だぶっとした黒い服を着た巨体の男が、角をまわって様子を確かめに来る。

「おい、おまえら、なにしてやがんだ」

少女の一人が、「まずい。逃げろ」と叫ぶ。とっさに美和たち全員は駆け出していた。その勢いに男も気圧《けお》されたのか、一瞬唖然としてから追いかけてくる。

美和たちは全力で走った。先を行く少女たちが右折左折をくりかえしながら細い路地裏を走り抜けるのに必死でついていく。だが颯太がすぐに音を上げた。もう走れなくなってしゃがみこみかけたのを引きずるようにして角を折れる。しかしそこは行き止まりだった。背の高い金網フェンスがつきあたりをふさいでいる。金網の向こうは崖なのだろうか。不意に地面が断ち切られているように見える。

呆然として立ち止まったとき、少女の一人が金網の一部を指差した。

「ここに穴が開いているから！　飛び降りて」

金網をくぐりぬけると、人の背ほどの段差になっていた。少女たちにつづいて、美和が飛び降り、最後に怯えている颯太を千秋と二人で抱き下ろした。追ってきた男は金網の前で歯噛みしている。男の体格では、あの金網の穴が通れないに違いない。

駆けに駆けてもうこれ以上は一センチだって走れないというところで、美和たちは地面に倒れ込んだ。心臓が胸から飛び出しそうに跳ねている。途中から美和と千秋に両腕を引っ張られていた颯太も苦しそうだ。女の子たちも荒い息をついている。

「いったい、何なんだよ」千秋が言った。

「あんたたちこそ何よ」女の子もぜえぜえ言いながら言い返してくる。

「何で逃げなきゃいけないわけ。何にもしてないのに」と美和も反論する。

「馬鹿ね。あんな凶暴そうな男が追いかけてきたら逃げるの当たり前じゃない」

「順序が逆なんじゃないの。こっちが逃げたから追いかけてきたんじゃない」

少女は馬鹿にしたように鼻をならした。

「本当におめでたいのね。まあもうあの男たちとは関わらないことね」

「関わってなんかないもん」美和は抗弁した。

「何言ってんだよ、さっきから」千秋もいいかげん頭に来ている。

よく見ると女の子たちは姉妹のようだった。年上の方は中学生だろうか。整った顔立ちだがひどく気が強そうだ。

「あんたたち、この町の子じゃないんでしょう。だったら気安くこのあたりをうろうろしないでね。正直邪魔だし、目障りだから。じゃあ、わたしたち行くから」

少女はそう言うと、溝の縁を上ってまた建物のあいだに消えていった。最後に年下の方がふりかえりざまアカンベーをしてみせたので、美和もあわててやりかえした。

「いったい何なんだ、あの連中」

「今の二人のこと？　それとも追いかけてきた人のこと？」

「どっちもだよ。まったく頭にくる」

三人が座りこんでいるのは幅四メートルほどの大きな溝のようなところだった。下も、横の壁面も石畳になっていて、石の隙間から雑草が力強く茎をのばしている。通常の地面との段差はやはり一メートル半というところで、美和が立ち上がると、ちょうど周りの家の庭先を生垣の根元から覗き込む形になった。

「何だか、道路みたい」美和が思いだしたのは、以前にテレビで見たローマ時代の街道だった。路面がコンクリートやアスファルトではなく、どうも手作業で切り出されたように見える石というのが共通しているからかもしれない。

「ああそうか」千秋が呟いた。「たぶんこれは使われなくなった運河なんだよ。さっき読んだけど、この町はもともと町中に水路が張り巡らされていたんだって。今はほとんど埋め立てられたって書いてあったけど、こうしてまだ少しは残っているのかもしれないな」

「そうなんだ」美和は答えた。それよりも、本当に男は追いかけてこないのか、ということの方が気になった。

「ねえ、そろそろ行こうよ。この場所から離れた方がいいんじゃない」

美和たちは茜色《あかねいろ》に染まり出した空を眺めながら歩き出した。水路はときどき二手に分かれたり、幅を変えたりしながらもずっと続いている。すぐ隣が広い道路でも、ガードレール一枚が目隠しになるだけで、地面の上をゆく者は自分の足もとに水路があるなんて気づかない。

「ねえ、もうここから出ようよ」

なんだか迷路に迷い込んだような気持ちになってきた美和が言った。颯太も喉が渇いた、お腹がすいたとぐずりだす。

「そうだな、もう帰ろう」

水路の縁をあがるとそこは住宅街の路地裏となっていた。夕食の支度をしている頃合いなので、あちこちの開いた窓からは、炊事の湯気や物音が漏れてきた。水路を歩いているあいだに千秋は現在位置を見失ってしまったようで、地図を取り出してしばらく眉根を寄せて見ていたが、まあいいや、とにかく進んでみよう、と歩き出した。いつしか道は上り坂になり、いつのまにか通ってきた住宅地を見下ろす小さな丘の上に出た。灰色のフェンスで囲われた高圧線の鉄塔が、夕焼けの空にのしかかるように聳《そび》えている。ねぐらに帰る椋鳥《むくどり》の群れの黒い影が町の上を舞っていた。

「何だか今日はいろいろあったな」千秋がぽつりと呟いた。

たぶん、まだ始まったばかりなのだ。美和はふとそう思った。それが何を意味するのかはわからなかったが、その確信はすとんと心に落ちてきた。美和は颯太の手を握り締めた。

鳥たちの影が、鉄塔に殺到した。

気がつけば、墨汁を垂らしたような雲が夕焼け空の半ばを覆っている。

「急ごう」と千秋が短く言う。

歩くにつれて、徐々に周囲に樹木の影が増えだした。やがて木の間ごしに、渓流が灰色のしぶきをあげているのが見えた。大きな石が転がっている河原に人の気配はなかったが、ただ一か所、上から放り込まれたのか、すっかりひしゃげてしまった自転車の残骸《ざんがい》が雨ざらしになって放置されていた。

「ねえ、本当にこっちでいいの」途中で美和が尋ねた。

「暗くて地図がよく見えないんだよ」

「なんだか森の奥に入っているみたいだよ」

千秋はその言葉を無視して先を行く。路は細くなり、傾斜がついたのがわかった。そのとき、美和は雑木林になっている隣の斜面の奥で何かがちらついているのに気がついた。歩きながら横目で見るだけなのではっきりとしないが、どうやら人の影らしい。そのうち千秋もその姿に気づいたのか、ときどきちらちらとそちらを見るようになった。

「なんだろう。気色悪いな」

千秋が呟いたときだった。その人影が猛然と走り出して、美和たちを引き離すと、向きをかえてすぐ先の道路を横切った。思わず美和は小さな叫び声をあげて立ち止まった。

それは人間ではなく、人ほども背丈のある巨大な漆黒の鳥だったからだ。鳥は一瞬で路の脇の羊歯《しだ》の群生のなかに飛び込むと、大きく葉を揺らしながら姿を消した。美和は呆然とその方向を見つめたが、ただ風だけが笹の生えた急な斜面を吹き降ろしているだけだった。

「何だったんだろう、今の。暗くてよくわからなかったけど」千秋が呟いた。

「鳥、だったよね」美和は尋ねた。

「何言ってんだよ。長い髪の女の人だったじゃないか。何か凄いヤバイ感じの動きだったけど」千秋は馬鹿にしたように答えた。

そのまま黙ってしばらく行くと、先ほど見えていた川のほとりに出た。

すでに日が没していたため、暗い水面は木の影を映して黒檀のように鈍く光り、何もないはずなのにその中央から波紋が広がって水を揺らしていた。

三人はそのままそこに立って夕闇に浮かび上がる淵を眺めていた。疲れきってずっと黙り込んだままだった颯太が、不意に美和の手を引いた。耳を近づけると颯太は美和だけに聞こえるように囁《ささや》いた。

「さっきの、鳥だったよ」

美和は再び背中に水を浴びせられるような心地がした。

その晩、今日通過した水路を地図の中に位置づけようとノートを睨んでいる千秋の隣で、美和は仰向けに寝っころがって、今日見たものは何だったのだろうと考えていた。しかし、考えがまとまるはずもなく、あきらめかけたとき、ふと脱ぎ捨てたジーンズのポケットから白いものが覗いていることに気がついた。手にとってみると、小さな紙切れだ。美和は今日道端で何かを拾ったことを思い出した。あのおかしな姉妹とぶつかったときだ。彼女たちが落としていったものかもしれない。開くと、七重神宮と朱の印が押してあり、おみくじだとわかった。七重神宮、どこにあるのだろう。

そう思いながら部屋の中を見回すと、今度は古びた薄茶の紙で綴《と》じた冊子のことを思い出した。朝方、荷物を片付けようと開いた押入れの奥で、その薄っぺらい冊子を見つけたのだった。なんだったんだろうと思ってとりあげると、表紙が取れそうになったのであわてて持ち直す。背の部分の黒い糸は半ばほつれ、中のページも白茶け、埃臭いような日向臭いようなにおいがする。美和はもう一度表紙を眺めてみた。表紙に、『光子文集』とそっけなく書かれてある。美和は適当に中を開いてみた。

「先生が、わたしのつづり方をほめてくださいました。」という文字が飛び込んでくる。

「わたしのつづり方は、くるしいこともはずかしいこともすべて正直にセキララにぶちまけてあるのでよいそうです。たとえば、うちの貧乏なことです。きのうも、うちにはごはんが一ぜんしかありませんでした。それも麦のはいった、かむとつるつるするようなごはんです。わたしは、働きにでなければならないお兄ちゃんにお食べ、と言いました。でもお兄ちゃんは俺は向こうで配給のパンがもらえるがらいい、と言います。わたしは、ほんとうだべが、ほら語ってんじゃねえがな、と思いました。これもみんな、鉱山のゴウリカで父ちゃんがシツギョウしているせいです。わたしが学校にあがったころまでは、戦争のおかげでたいへんケイキもよかったのですが、そのころ近所のチョウセンの人たちは、故郷で人が死んで、ケイキがよくなるのもせつないのうと言っていました。でも、ケイキがよくて、毎日きちんとごはんが食べられるのはとてもいいことだと思います。」

　なんだろう、これは、と美和は思う。チョウセンという言葉も、ゴウリカという言葉も意味がわからなかった。この本は物語でもお話でもないのだろうか。それに戦争と言われても美和にはいつかテレビで見た燃えている町の中を人々があわてて逃げ回っている映像しか浮かばなかった。物語の中の戦いはもっと派手できらびやかだが、ケイキとは結び付かない。美和にとって戦争は、どこか遠い世界の出来事でしかなかった。美和はどうも馴染めないような気がして、別のページを開いてみた。そこには「わたしの名前」という題とともに短い文章が載っていた。

「わたしの名前は五十嵐光子《いがらしみつこ》です。光子というのはお父さんが働いているときに思いつい た名前だそうです。坑道から外に出たときに、お日さまがまぶしくて、ああ、今日も一日無事だったなあと思うそうです。だから光子です。でもたいていの人はミーコと呼びます。お兄ちゃんもお姉ちゃんもミーコです。友だちもミーコです。お父さんだけは光子と言います。」

　美和は嫌な気持ちになって本を閉じた。ミーコというのは、かつて美和の呼び名でもあった。けれども火事を起こして以来その言い方が嫌いになり、美和と呼んでくれるように家族やクラスメートに頼んだのだ。その言い方が、美和の幼さ、愚かさを指摘し、白日の下にさらけ出しているように思えるからだった。もちろんそんなはずはないのに、このミーコまで自分を批判しているように感じた。もういい、彼女はそう思いながら、冊子を枕元に放り投げた。こんな古臭くてみすぼらしい本を読む必要などないのだ。ミーコなど知ったことか。いつものように窓の外では虫たちがにぎやかに鳴いている。

三、水の中の人影

千秋は図書館の入り口付近で、三つ折りになったパンフレットを眺めている。カウンターの脇に置いてあった「七重町の名所古跡」というパンフレットで、中には小さな文字とともに幾つかの寺や神社の写真が入っている。それによれば隣の那珂川の河原は、桜の名所で春には町民たちの憩いの場所となるそうだし、五月には数十の鯉のぼりが群青《ぐんじょう》の空に舞う。秋には紅葉が美しく、冬はスキーに格好の雪が降る。カウンターにはそのほかにも、千秋が昨日読んだ「水と鉱山の町、七重」という大判のパンフがあった。そこに書いてあったのは、七重が何百年もかけて発展し、また衰亡していく過程だ。

千秋はもともと歴史が好きだった。友達のなかには、ゲームから入った武将おたくで、戦国武将の名前を城代クラスまで空で言えるものもいたが、千秋の歴史好きはそれとは違って、自分がまだ生まれていない世界というものへの驚きが根底にあった。千秋はその感覚を友達に話したことがあったが、理解してはもらえなかった。今、自分が立っている場所に、百年前、五百年前、千年前にも誰かが立っていたかもしれない。彼らも千秋のように何かを考え、何かを望み、何かに悩んでいたかもしれない。けれど、その誰かはほぼまちがいなく、この世界に何の痕跡も残さずに消えていったのだった。そしていつか、千秋もまた死に、彼の痕跡も消えてなくなるだろう。家族や知り合いも死んでしまえば、人一人が生きた事実など、この世に引っかき傷ひとつ残さないのだった。そう思うと、千秋はだからこそ過去のことを知りたくなった。

　ある朝、千秋はいつもより早く目覚め、まだほとんど人通りのない外の風景を窓からぼんやり眺めていたことがある。ベランダに置いた鉢のゼラニウムが、風にかすかに花弁を揺らしていた。鮮やかすぎて普段あまり好きではないその花が、なぜかその朝だけは好ましく思え、さらにベランダの向こうに見えている隣の公園の新緑が、夜明けの光を受けて、徐々にくっきりと浮き立ってくるのも美しかった。

　不意に千秋は、自分はいつか窓際に立って外の風景を眺めていたこの朝のことを忘れてしまうだろう、と思った。何といってもそれはごく平凡な一日の始まりにすぎず、とりたてて記念になるようなものではなかったからだ。そして、自分はこの朝のことを忘れてしまうだろうと思ったことさえも忘れてしまうだろう。この朝の記憶は、僕のなかに何の痕跡も残さないだろう。だが本当にそうだろうか。やがて夜が明けて、この朝の光は消え失せても、そしてそれを見ていた僕の記憶も掻き消えても、僕が今この海の波のようにざわめいている緑の樹々を美しいと感じたという事実は永遠に残るのではないだろうか。千秋はそう感じ、同時にその考えの奇妙さに困惑した。いったい、どのように？　自分自身もふくめて、誰も記憶しない記憶とは一体何だろう。

千秋は壁に貼られた案内を見て歴史の書棚に行ってみたが、そこには、アジアやヨーロッパといった地域別に本が並べられているだけで、七重町について教えてくれそうな本はなかった。日本史の東北の部分を見ても、蝦夷《えぞ》や奥州藤原《おうしゅうふじわら》氏の本はあっても七重の文字は見当たらなかった。

「この町の歴史の本はどこにあるんだろう」千秋は思わず呟いた。すると背後から、「左の壁に郷土史のコーナーがありますよ。二つ目の柱の右」と男の声がかかった。千秋が礼を言おうとふりかえると、その男はさっと避けるように本棚の陰に隠れてしまった。

なんだろう……と思いながらも、教えられた場所から薄く簡単そうなものを三冊ほど選んでテーブルと椅子のならぶコーナーへ向かった。『七重町いまむかし』と題された紺色の布張りの本を開いて前書きを読むと、著者はこの町の小学校の元教諭で、退職して時間ができたので、これまで集めてきた老人からの聞き書きと自分が幼いころ聞いた話などをまとめたのだとあった。

ひとつひとつのエピソードは三ページほどで読みやすかった。載っている話は戦争前だったり、戦後すぐのころのことが多く、ぴんとこないことも多かったけれども、理解できないというほどでもなかった。おもしろいと思ったのは、天童《てんどう》の森というところで、何人もの人間が神隠しにあっているという話だった。年齢はばらばらだが消えるのはいつも男で、山仕事などに出かけたまま行方がしれなくなり、数日から数ヶ月して帰ってくる。

消えていたあいだのことは何も覚えていないか、覚えていても決して口を開かない。天童には天狗《てんぐ》のすみかがあり、消えたものは天狗にさらわれたのだと昭和の初めまで信じられていたというのだった。一方、同じ人が消える話でも、赤い服を着た女が街角で女の子をさらっていくという噂は、どこかありふれていてつまらないような気がした。両親が子供の頃は口裂け女というのが流行っていたらしいし、その後は花子さんというお化けの噂が子供たちのあいだに広まった。そうした全国区の怪談と比べると、ただ若い女が子供をさらうというだけじゃ漠然としすぎていて迫力がない。けれど著者は、自分が子供のころに聞いたのとまったく同じ話を、三十年後に教え子から聞かされてびっくりしたという。つまり三十年ものあいだ同じ話が語り継がれてきたことになる。

「ここ、いいですか」

背後から控えめな声がし、千秋はあわてて、どうぞ、と返事をした。次の瞬間隣に座ったのは先ほど本のありかを教えてくれた男だった。驚いて思わず変な声がでてしまう。

年のころは二十代半ばといったところだろうか。だが千秋よりも小柄で子供のような体つきをしている。男はどこかおどおどした態度で、千秋と視線をあわせようとはしなかった。空いている席なら幾らでもあるのに、と千秋は軽い嫌悪を覚える。

男は山のように積み上げた本の中に鼻をつっこむようにして熱心に読書をし始めた。千秋も本に戻ろうとした。ふと、そのとき、男が読んでいるのが、『みちのくの森の伝承』という分厚い書籍であることに気がついた。

「あ、それ」千秋が呟くと、男はいぶかしげに顔をあげた。

「あの、そこに天童の森って載っていますか」

「天童の森」男はどこかおぼつかなげにくりかえした。それから、ぱっと男の表情が輝いた。

「天童はこの七重町が位置する三原《みはら》盆地の東側の尾根一帯のことです。といっても天童という言い方は江戸時代までの民間の呼称であり、明治以降の公的な行政区画の名称としては採用されていません。主な植生はブナ、カツラ、トチノキなど。縄文時代から、栗、くるみ、山芋などを食べていた人間が居住していたことは、多数発見されている居住あとなどからわかっています。また平安時代の土師器《はじき》、須恵器《すえき》なども多数出土しています。また歴史学では、中世にはあの森の奥に修験者《しゅげんじゃ》たちのコミューンがあったという説をとなえる人がいて、そこでは何らかの宗教的儀式が行われていたのだろうとも言われています」

「修験者？　コミューン？」

「修験者というのはいわゆる山伏《やまぶし》のことをさします。深い山の奥には神さまがいて霊的なスポットがあるという考えに基づいて修行を積む人たちです。袈裟《けさ》を着て、錫杖《しゃくじょう》を持ち、ほら貝を使って仲間と交信をします。険しい山中の道を不眠不休で踏破することで、常人を超えた体力や呪力を身につけられると考えられていました。もともとは、道教など中国由来の神秘思想と日本土着の山岳信仰が交わったところに生まれたもので、もっとも有名な修験者は役小角《えんのおづぬ》という人ですね。彼は式神《しきがみ》と呼ばれる鬼神を自在に使いこなしたといわれています」男の声はか細く震えを帯びて頼りなかったが、彼は暗唱でもするように話し続けた。奇妙な男だという印象がますます強くなる。

「つまり天童には、武士にも朝廷にも支配されていない集団がいて独自の生活を営んでいたらしいということです。よそで追われている人間も、天童の森に逃げ込めばもう安全だったといいます」

「もしかしてそれって天狗と関係ありますか」

「そう。天狗の着ている衣装は山伏のものです。異常な力を持っていると怖れられていた修験者への感情が天狗にこめられているのではないでしょうか」

千秋は表情をかえないまま話し続ける男の様子が気味悪くなりかけていたが、それでも思わず「すごい詳しいんですね」と言わずにいられなかった。

「前に天童について書かれた本を読んだことがあるんです。僕は朝九時にここに来て、毎週本棚から三冊本を選んで読むんです。どの本を読むかはそのとき決めます。たいてい、書棚の一番最初に並んでいる本のことが多いです」

「最初に並んでいる本」千秋は戸惑いながら尋ねた。

「ええ、いろいろ勉強して教養も身につけたいし、それに人と話をして社交の能力も身につけたいんです。図書館にはたくさん人がいるし、ずっと一人で家にいるのは体にもよくないから」

男はなぜか最後の部分をためらいがちにつっかえながら言った。奇妙な感じがして、返答に窮していると、男は不意に気づいたように立ち上がり、「もう時間だ」と呟くと、そのまま千秋には目もくれず、足早に閲覧室を出て行った。

彼が行ってしまうと、千秋は急に本を読む気が失せてしまった。今日はこれくらいにして、もう帰ろうかと考えたそのとき、それまでソファ席に座って女性週刊誌を読んでいた五十がらみの女が近づいてきた。

「ちょっとちょっと、今の人、ちょっとおかしかったでしょう」

「え」

「アレよ、アレ」と女は自分のこめかみを指さした。

「何のつもりか、いつもここに来てるの。来るな、と言うわけにもいかないし。あんまり関わりにならない方がいいわよ」

そう自分の言いたいことだけ言うと、女はまた、雑誌コーナーの方へ戻っていった。千秋は何か嫌なものでも呑み込まされたような気持ちになった。

外へ出ると少し気分が落ち着いた。美和はどうしたろうと思う。図書館に一緒に行こうと誘ったのに、用事があるからと断られたのだった。そのくせ、尋ねてもどんな用事かは明かそうとしなかった。ここ半年ほどで美和はずいぶん強情でとっつきにくい子になった。以前はもっと明るく屈託がなかったのだが、最近はともすると、何かを考え込んでいるのか、眉根を寄せてじっと宙を睨んでいたりする。学校の担任も雰囲気がかわったと言っているらしい。おそらく両親の不和が影響しているのだろうが、千秋にも何をしてやったらいいのかわからなかった。

ポケットで携帯が鳴る。表示を見ると祖父からだった。通話のキーを押すと、少し緊張した様子の祖父の声が聞こえる。

「おめえだちさ会いでいって警察の人が来てら」

「警察？　どうして」

「よぐ知らねえ。直接話すって言ってら。まず早ぐ帰ってきてけれ」

「はい。わかりました」

千秋は急いで帰り道のルートを考え始めた。


目的の神社はバス停のある十字路にあった。バスを降りるとすぐ目の前が樹木の緑が萌え盛っている一角で、御影石の石柱に七重神宮と流麗な文字で刻まれていた。

美和は鳥居をくぐって石段を上りかけ、はっと気がついて横に飛びのいた。石段の最上段に、昨日の姉妹が陣取って何かを見ていたからだ。

おみくじを見て姉妹について何か手がかりがあるかもしれないと思ってこの神社を訪れたのだから、彼女たちがいることは想定内だった。とはいえ、いきなり出会うと胸がどきどきする。美和は植え込みの陰に隠れて上まで上ると、少女たちを後ろから見張ることのできる境内の駐車場に身をひそめて、二人を観察した。背の高い方はセーラー服だが、もう一人は短パンにTシャツだ。幸い隙間なく設えた椿の生垣があって、彼女たちのすぐ背後まで近寄れる。

「なんだよ、動きないなあ」という声が生垣越しに聞こえてきた。

姉の方が「ちょっとあんた、アイス買ってきてよ」と命じている。「うん、いいよ」と妹が階段を駆け下りて行ったあと、美和はそっと頭を出して、何をしているのか覗いてみた。

視線の方向からすると、彼女たちが見張っているのは、向かいのガソリンスタンドらしい。昨日若い男に襲われたときも、二人がじっとこちらを見つめていたことを思い出した。あれは自分たちではなく、男の方を見ていたのかもしれない。ガソリンスタンドではつなぎ姿の男女が何人か立ち働いている。あの中に昨日の男たちがいるのだろうか。

不意に美和は眩暈《めまい》を感じてしゃがみこんだ。直射日光にさらされすぎたのかもしれない。足もとにコチンと黒く硬い影ができる。すぐにこめかみを汗がつたっていくのがわかった。白っぽく焼けたアスファルトからは焙《あぶ》ったような熱気が昇ってくる。

どうしようと思っていると、「大丈夫」と声をかけられた。頭をあげると、優男《やさおとこ》といった風情の若い男がこちらをのぞきこんでいる。

「何か冷たいものでも飲んだ方がいいよ、ほら」と男は口を切っていないペットボトルを差し出した。美和がためらっていると、彼は無理やりそれを押し付けてから、おずおずとそれを口にあてる美和の様子をじっと眺めていた。

「どう？　少しは具合がよくなった」

美和がうなずくと、男は腕をのばして、美和の額をすっと人さし指の腹でなでた。

「ほら、こんなに汗をかいてる。気をつけなくっちゃね。きみ、あまり見かけたことないけどこの辺の子じゃないよね」

ためらいながら美和は答える。

「この前東京から来たの。わたし、滴原美和」

「ふうん。美和ちゃんか。唯島《ただしま》シスターズに何か用かな。隠れんぼというわけでもなさそうだし」

「唯島シスターズ？」

男はわざとらしく声をひそめた。「ひとつだけリークしておくと、彼女たちはこのへんでは最強の武闘派少女ペアだから気をつけた方がいい」

美和は何を言っているのだろうという思いで目の前の男を見つめたが、相手は素知らぬ素振りでニヤニヤ笑っているばかりだった。そのとき、石段を上がってくる足音がして、生垣越しに少女の声が飛んできた。美和はあわてて生垣に背中を押し付けて、自分の姿が見つからないように祈った。

「あっ、どうしてこんなところにいるの」女の子の声がする。

「たまたま通りかかっただけだよ。シオちゃんこそなにしてるのさ」男が答える。

「シオ、余計なこと言うんじゃないよ」と上から鋭い声が飛んだ。

「犯罪捜査って言っちゃだめだって」

「馬鹿、言ってるじゃないか」

「そう。じゃ、僕は何も聞かなかったことにして早々に退散しよう」

そう言うと、男は軽快な足取りでその場を立ち去ったが、振り返りざまに振った手が、唯島姉妹に向けられているように見えて、実は自分に対してのものだと美和にはわかった。

彼女はしばらくそのままじっと気配を殺していた。生垣の向こうも、最初はアイスの包み紙を破りとる音以外は何も聞こえなかったが、やがて急にあわただしくなり、「シオは家に走ってシズカに連絡して、わたしはあいつのあとを追うから」と声がした。

二人が急ぎ足で石段を下りたあとしばらく待ってから、美和も起き上がって彼女たちのあとを追った。姉の方がその少し先を行く薄緑の作業衣を着た男を尾行している。さすがに中学生の少女が自分を尾《つ》けているとは思わないのだろう。男の後ろ姿に警戒心のようなものは見当たらない。美和も、だいぶ距離をおいてから、その二人のあとを追いはじめた。

遠目でも、男がでっぷり肥《ふと》っていて、頭のてっぺんが見事に禿げあがっているのは見て取れた。片手に黒のカバンを提げている。美和はその頭を見失わないように、また少女の後ろ姿も視界から外れないように注意した。男は急ぎ足で道路を渡り、やがて低層集合住宅の前で営業している小さなスーパーに入っていった。つづいて少女も店の中に入ったので、美和は踏み込むべきかどうかためらった。しかし、ここで二人を見失っては元も子もない。美和は不安だったが、自分も中に入ることにした。男はしばらく店内をうろつくと、結局ビールを手に持ってレジに向かった。二人のあとについて外に出たとき、美和はほっとした。人のそれほど多くない店内で、いつ見つかるかとひやひやしていたからだ。

しかし安心したせいか、急に強い尿意を感じた。男はがにまたでのんびり歩いていく。少女もずいぶん距離をとっていたが、急にサイドカーのついた大型のバイクが走ってきて少女の隣にとまった。それにまたがった男が大柄な体を斜めにかしげて何かを話しかけている。ヘルメットとサングラスのために顔はわからなかったが、二の腕だけでも普通の太腿くらいありそうな立派な体格だった。少女とのとりあわせは奇妙にも見えたが、バイクの男は片手をあげるとすぐに走り去った。つづいて少女も急に走り出したので美和は驚いた。気づけば追いかけていた中年男の姿がない。バイクに気を取られているあいだに見失ったのだった。美和も必死になって追いかけ、数十メートル走ったが、いい加減疲れていたので足が思うように動かない。それに、尿意がもう限界に近づいていた。美和はあきらめて立ち止まった。息がすっかりあがっていた。

近くにあったコンビニエンスストアに飛び込んで、トイレを貸してください、と言うと、レジにいた女は黙って店の奥の方を顎《あご》で指してみせた。美和はトイレで一息つき、むしろ尾行が失敗におわったことにほっとした。ようやくこれで家に帰れる。もう十二時をまわり、すっかりお腹がすいていることに気がついた。

ところが、トイレの扉をあけかけて美和は凍りついた。店内を例の中年男が携帯電話で話しながら歩いていたからだ。

「こっちは夜勤明けなんだよ。どうしても今そっちに行かなくちゃいけないのか」傍若無人の大声に、レジの店員も不機嫌な目を向けている。男はタバコを二箱買うあいだも電話を切ろうとはしなかった。

「わかった、わかった。じゃあ例のうどん屋でいいんだな。なんだっけ。麺処雪《めんどころゆき》の華《はな》か。今行くから」彼は金を払って出ていった。

美和はしばらくトイレの中で息をひそめていた。きっかり三分間待ってレジまで行くと、女が、今度はなんだ、という顔でこちらを見る。

「すみません。麺処雪の華ってお店はどこにあるんですか?」

女は肩まである長い髪を両手でゆっくりとしごいた。金髪に染めた上、ところどころに赤や緑の交じった髪だった。女は大きくため息をつくとぶっきらぼうに言った。

「みちのくワクワクタウンのレストラン街にあるよ」

「そのワクワクタウンってどこですか」

「ここを出て最初の交差点を左」

「ありがとうございます」美和は礼を言って飛び出しかけたが、思いついてチーズ蒸しパンを一個買った。歩きながら食べようと思ったのだ。

言われた通りに行くと、七割方車で埋まった駐車場に突き当たった。その隣にパチンコ店、ドラッグストア、衣料品店などが並んでいる。中央は広場になっていて、ゴーカートやメリーゴーラウンドなどがあった。土曜日なので、みんな家族連れでショッピングや食事に来ているのだろう。広場はこの町で初めて見る人波でにぎわっていた。

美和は赤煉瓦の階段を上って高みから麺処雪の華を探した。それはタウンの一番端に、たこ焼き店とラーメン店に挟まれてあった。

しかし美和はその店に向かう途中で立ち止まった。広場にあるベンチのひとつに例の男が腰かけていたからだ。また携帯電話で何かを話している。話すうちにだんだん興奮してきたのか、カバンとスーパーの袋をおいたまま立ち上がり、目の前の噴水に近づきながら空いている片手をしきりに上下させている。何か激しく口論しているようだ。その様子を見ていた美和は思わず叫び声をあげた。人のあいだから現れた少女が、男が気がついていないのをいいことに、背後に忍び寄って、ベンチの上のカバンを開けようとしていたからだ。しかし男はそれに気づくと、あわてて携帯を閉じ、一声叫んで少女にとびかかった。襟首をつかまえられた少女は必死でもがくが、男の太い腕はがっしりと彼女を羽交《はがじ》い締めにしている。美和は駆けていって、とっさに体ごと男の背中にぶつかった。男がバランスを失ってよろけるのがわかる。少女は身をねじって男の腕から抜け出すと、向き直って両手で男を一突きした。男は盛大な水しぶきをあげて噴水の池に倒れ込む。少女は広場を斜めによぎって駆けていき、道路に停まっていた先程のバイクのサイドカーに飛び乗った。すかさずバイクは動きだす。美和もまた必死で一番人の多そうなドラッグストアの中へ駆けこんでいた。女子トイレに駆けこんで個室の鍵をかけても胸の動悸はおさまらなかった。気がつけば何か柔らかいものをしっかり握りしめている。すっかり変形してしまった、袋に入ったままの蒸しパンだった。

そのまま三十分ほどほとぼりを冷ましたあと、美和はできる限り急いでそのショッピングモールから離れた。広場の一角はバス停になっていたが、そこは避けて駅まで歩いていってバスに乗った。

祖父の家に着くと、門の前に車が一台と白く塗った自転車が停めてあるのが目についた。脇を通り過ぎるとき、その自転車が交番のものだと気づく。まさか今日の出来事がもう警察に伝わっているのだろうか。美和はおそるおそる玄関の戸をあけた。

中から祖父と千秋の二人が顔を出す。美和に聞きたいことがあるって、警察の人が来てるんだ、と千秋が待ちわびたように言った。そのすぐ後ろから、制服の警官とスーツ姿の三十代の男が現れた。別段、怒ったような顔はしていないので、美和は少し安心する。

スーツ姿の方が前に出て優しげな笑みを浮かべた。

「実は、昨日君が届けてくれた携帯電話ね。持ち主がわかったんだ。ちょうど君と同じくらいの女の子だったよ」

「そうですか」

そう言いながら、美和はなぜか背筋に寒気が走るのを覚えた。

「ただその子は今、行方不明なんだ。捜索願が出ている。もう一度あれをひろった場所に行って状況を説明してくれないかな」

美和はうなずきながら、やはり悪い予感が当たったのだと唇を噛みしめていた。

歩くにつれて木々のあいだから、白くきらめく水の流れが見えた。同時に、岩をわたる水音が聞こえてくる。颯太が興奮して、川だ、川だ、早く行こう、と連呼した。生まれて初めての川でのスイミングに、千秋の胸もいつしか高鳴っていた。

警官たちを、携帯の落ちていた場所に案内して戻ってきた美和に、昔から子供たちが水遊びを楽しむ場所があると祖父が言い出したのは昨日の夕食の席だった。役場の隣に町営のプールもあるがいかにも味気ないし、川ならばウグイもカニもいると聞いて、まず颯太が乗り気になった。

「ねえ、あれ、一昨日通ったところの近くじゃない」美和が聞く。

千秋もそうだと気がついていた。祖父の家からは北に二十分ほど歩く距離だった。那珂川に注ぐ神流川《じんりゅうがわ》の中流に、川幅が比較的広く、流れもゆるやかな箇所があるという。

樹木が切れて、ますます水音が強くなった。道路から川岸まで砂利を敷いた小道が延びている。川面にはすでに先客の子供たちがいて、白い水しぶきと一緒に歓声を撒き散らしていた。

千秋はさっそく駆け出そうとした美和と颯太の手をつかんで引き止めた。

「待てよ。ここはやめだ」

「え、どうして」

「ほら、あそこを見てみろよ」

千秋は川べりの一角を指差した。水着姿の二人の少女が水際に立って川の様子を眺めている。その後ろ姿に見覚えがあった。

「あれ、このまえ会った女の子たちじゃない」美和は叫んだ。

「またあの連中だよ」千秋は吐き捨てるように言う。

「どうするの」

「他へ行こう。泳げるのはここだけじゃない」

颯太の抗議の声を無視して、千秋は方向を変えた。五分も川沿いの道を行くと、すぐに川が大きく蛇行して暗緑色の淵になっているところがあった。岩肌から直接水が噴きだして小さな滝になり、きれいな弧を描きながら水面に落ちている。

千秋はしばらく岸辺に立って辺りを見回した。ここなら颯太向けの浅瀬も、泳ぐための深い淵もある。彼は手を貸して美和と颯太を畔《ほとり》まで降ろすと、自分もシャツを脱いだ。水着は家を出るときに身につけている。一足、膝まで踏み込むと水の冷たさが肌を刺した。

しばらくじっとこらえ、慣れた頃にそのまま踏み込んでいく。海とは異なって、水はどこまでも透明で濁りがない。そのまま意を決して頭を水に沈めると、直射日光を受けて、水底で光の網目がゆらゆらと揺れているのが見えた。石陰から針のような魚が顔を出し、すっと目にも止まらぬ動きで滑っていく。千秋は水しぶきをあげながら頭を水面に出して笑った。「美和、きちんと颯太見とけよ」と叫ぶ。二人もおっかなびっくり流れに足をひたしたところだった。

　十五分も泳ぐと、この場所で気をつけるべきこともわかってきた。中央は流れが速いし、北側の岸には尖った岩が並んでいる。しかし南側の流れは穏やかで、白いすべすべした石の上をレースのようになった水が流れていた。泳ぎ疲れた千秋は、川の中央につきだした平べったい大きな岩の上に横になった。日差しが天から矢のように落ちてくる。睫毛《まつげ》についた滴がきらめく。

　ふと、淵の暗い深みに沈んでいるものが気になった。水中眼鏡を使って覗いてみると、どうやら自動車の残骸のようだ。いつごろのものなのか、ガラスは割れ、塗装も剝げ落ちて、すっかり皮膚も肉も失った骸骨めいた姿になっている。千秋は頭上の山壁を這うように走っている道路を見上げた。ガードレールもないか細い道で、ハンドル捌《さば》きをひとつ間違えば、たちまち川筋にまっさかさまだろう。犠牲になった者がいたのだろうか。不意に背筋を軽い悪寒《おかん》が走りぬけた。

　けれど千秋は不意に自分の手でそのスクラップに触れてみたくなった。水のなかの廃自動車。何かわくわくする。千秋は水中眼鏡をはめなおすと、再び水面に身を躍らせた。流れに逆らって車のある一番奥の淵まで泳いでいく。思い切り息を吸い込んで水中にもぐる。水底までは二メートルもなかったので、一度で車の屋根の縁をつかむことができた。ガラスのない窓から覗き込むと、中から小魚が群れになって飛び出してきた。灰色のセダンは、鼻先を川底の砂利につっこむようにして斜めに沈んでいた。前のドアパネルが翼のように両側に開いている。

千秋は一度水面にあがり、大きく息を継いでまた身を沈めた。後ろのトランクが半開きになっているのが目についた。隙間から、人の指のように見える白く細長いものが覗いている。好奇心にかられて、千秋はそこに手をかけて思い切り持ち上げた。

次の瞬間、千秋は驚愕のために、肺のなかの空気を思い切り吐き出してむせた。心臓が大きくひとつ打つ。口腔に冷たい水が流れ込んでくる。

トランクの中にいたのは、青白い蠟《ろう》のような肌をした十歳くらいの少女の死体だった。ふわりと扇のように広がった髪の毛が流れになぶられて頬のまわりで揺れている。薄く開いた唇から小さな泡とともに黒っぽい血の筋が立ちのぼった。少女はまばたきもしない。肉食の魚にでもつつかれたのか、片側の頬に穴が空いて、顎の付け根の白い骨が覗いていた。

あわてて千秋が水面に上昇すると、少女もあとを追うように浮かび上がってきた。千秋の裸の脛《すね》を、少女の指先が摑むのをはっきりと感じた。それを振り払うようにして岸辺までたどりつき、岩の上によじのぼってうつぶせになった。先ほどから美和が甲高い叫び声をあげ続けているのに気づいたのは、大量に飲んでしまった水を吐き出して、ようやく正常に息ができるようになってからだった。心臓が早鐘のように鳴っていた。美和の叫び声を聞いて、何人もの子供たちが下流の方から様子を見に来ていた。しかし、彼らは美和の方ではなく、何か困惑したような表情で一様に淵の中央を眺めていた。深い緑色の淵の水面では、先ほどの少女の死体が仰向けになってゆっくりと渦を描いていた。

四、二人のミーコ

その夜は遅くまで現場検証と事情聴取のために引きとめられ、祖父の家に戻ったときは十二時を過ぎていた。二人現れた刑事の一人は、先日と同じスーツの男で、美和の顔を見るとおかしな顔をした。

「またきみなんだね。ずいぶん不思議な話だ」

そう言われると美和もうなずくほかはない。困った顔をすると、真似するように相手の刑事まで当惑したように頭をかいた。美和たちがすでに感知していた通り、やはり死体はあの携帯電話の持ち主の少女なのだった。もう一人の刑事は、背の低い初老の男だった。彼は最初、立ち入り禁止のテープを張る周囲の警官や鑑識課の職員に立て続けに鋭い声で指示を出していたが、それが一区切りつくと、千秋と美和から発見時の状況を詳しく問いただした。

警察署でも同じことの繰り返しだった。千秋が遺体を発見するに到った経緯を何度も話させたが、感想のようなことは一言も言わなかった。ただ、これから外で遊ぶときは気をつけなくちゃいけないね、と初老の方が言い、もう一人が深くうなずいた。

美和がひとつ話さなかったことがあった。事件とは関係ないと判断したからだが、尋問中もずっと気にかかっていた。見物人の誰かが通報して、川の畔に警察が現れたとき、唯島姉妹の姉の方が突然美和に駆け寄ってきて、すばやく手のひらに紙切れを押し込んだのだ。こっそり見てみると、携帯電話の番号と「必ず連絡ちょうだい」という文字が書かれていた。

家に戻ると美和はそのまま布団に倒れ込んだ。頬は熱いのに、背筋を波のように寒気が走り過ぎる。

「熱があるな」祖父が額に手をあてて言った。

美和は朦朧《もうろう》とした頭で、深い渦巻に呑まれるように感じていた。それから朝まで幾つもの夢を見た。夢にはいつも炎が伴っていた。指先でにじりつぶすことのできそうな小さな青い炎もあれば視界いっぱいにひろがる紅蓮《ぐれん》の火炎地獄もあった。いずれにしても炎は美和にまとわりつき、怯えて身をひるがえすとまわりこむようにあとを追うくせに、こちらから近づこうとすると今度はさっと退いてしまう。美和は炎の波に翻弄されるがままになった。時折、夢から覚めて目を開くと、近くに祖父の眠たげな顔があって額の濡れタオルを交換してくれた。美和はひんやりとした感触に一息ついて、再びうとうとと眠りに沈むのだった。もちろん執拗に現れる炎の由来はわかっていた。去年の冬、大晦日《おおみそか》も間近いころ、クリスマスの残りのロウソクで一人で遊んでいてマンションの部屋を半焼させたのだった。幸い直接火が回ったのは美和のいた寝室一部屋だけだったが、壁紙は黒く剝がれ落ち、ベッドもカーペットもまだらに焼け焦げて使い物にならなくなった。そればかりか、消防車のベランダ越しの放水によって上下左右の部屋までが水浸しになった。翌日両親が修繕代を持って、近所に頭を下げてまわったことも知っている。

きっかけはちょっとした好奇心だった。いや、うっすらと悪意がまぶされていたのかもしれない。綿ぼこりにまみれて転がっているのを見つけたライターで卓上に置き放しになっていたロウソクに火をつけたとき、この家を焼いてしまいたい、両親を困らせてやりたいという気持ちがなかったとは言い切れない。明け方に酔って帰った父親が、隣の部屋で伏せていることは知っていた。額に青筋を立てた母親が、台所で食器を洗っていることもわかっていた。危ない。いけない。だからやってみる。日の光のもとで見るロウソクの炎は、どこかうすぼんやりと眠たげに見えた。だけどそれも、炎がレースのカーテンに燃え移るまでのことだった。炎はあっという間に天井を舐め、そこからぼろぼろとカーテンの切れ端が落ちてくる。美和は必死で叫ぼうとした。けれども言葉が喉の奥につまって出てこない。煙がちくちくと目を刺激する。涙があふれて視界がぼやける。美和はたちまち煙に巻かれた。痛みはない。ただ怖い。

炎はいつのまにか部屋中にまわっていた。煙。熱。気が遠くなる。

そのとき、突然飛び込んできた母親によって、美和は後ろから襟首をつかまれて部屋の外へ引きずり出された。母親のわめき声と、扉がばたんと閉まる音がして、つづいてバケツを抱えた父親がどこかおぼつかなげな足取りでやってくるのが見えた。

美和は目が覚めて、自分がまたあのときの夢を見ていたことを知った。心臓がまだどきどきする。これまでに何度、同じ夢を見たことか。けれど、起き上がってみると体は軽い。熱もどうやら下がったようだった。すぐ隣の畳の上で、祖父がタオルケット一枚かけただけで眠っている。一晩中ここにいてくれたのだろうか。胎児のように体を丸め、いつもよりずっと小さく見える。

美和は立ち上がり、開け放されたままの縁側から庭に降りた。空がうっすらとした紫色にかわっている。裸足の足の裏に、露に濡れた草の感触が心地よかった。軒先に置いてあった朝顔の鉢植えの前で立ち止まる。花は半ば開きかけ、内側のしっとりとした白色を見せている。美和がそっと触れると、転がるように中からひと筋の滴がこぼれ出て指先を濡らした。

美和は家の方へ戻ると縁側を駆け上った。壁際に木製の鏡台が置いてある。彼女は、その前で立ち止まると、いつも下ろしてある髪をかきあげて体をねじるようにしてのぞきこんだ。普段は隠れているうなじに、親指ほどのやけど痕がある。火のついたカーテンの切れ端が、上から落ちてきてつけたものだ。美和はしばらくそれを見つめたあと、髪をくくって首筋を剝き出しにした。もうずっとこの髪形はしていない。

鏡を見直してうなずく。こちらの方がずっと夏らしい。

目覚めたのか、低いうなり声をあげながら祖父が体をおこす。立っている美和を見て少し驚いた様子だった。

「もう起きたのか。具合はどうだ」

「もういいみたい」

「そうか」祖父は手のひらで美和の熱を測って言った。「まあ、午前中は布団に入ってろ。いま、朝御飯もってきてやる」

美和はうなずいて薄い布団の上に寝転んだ。またゆっくりと眠りの潮が満ちてくるのを感じていた。

千秋は川べりの土手に立って風に揺れる草むらを眺めていた。川面をわたってくる風は、埃っぽくどこか生臭かった。その風を受けて草の葉は、生き物のように、震え、そよぐ。その場所には千秋の背丈よりも高い草が土手のへり一面に生えていた。

今でも目をつむると、水中で出会った昨日の少女の姿が浮かんでくる。その姿は、千秋になぜかカッツンを思い出させた。カッツンのことを考え、また少女のあの青白い顔を思い出すたびに、胸の奥がぎゅっとつかまれるようになる。

朝起き出すと、彼は隣の三上のおばさんのところに顔を出した。おばさんが以前に、最近子供が行方不明になったという話をしていたことを思い出したからだ。そのときはまだ昨日の少女の捜索願は出されていなかったので別人の話になる。だとしたら、今この町では、立て続けに子供が誘拐されているということだ。

だが、おばさんの話はいささか曖昧なものだった。

「本当言うと、よく知らないのよ」おばさんはどこか迷惑そうだった。

「近所の人の噂話で聞いたんだけどね、那珂川の下流に住んでいるホームレスの家族で子供がいなくなったとかいうことなの」

「さらわれたんですか」千秋は尋ねた。

「それがはっきりしないのよね。でも家族みたいな人が、うちの子を知りませんかって話しかけたりして通りがかった人をびっくりさせたみたい」

「警察には知らせたんでしょうか」

「さあ、どうかしらねえ。でも警察もそういう人たちのこと相手にするかしら」

千秋は頭をあげて波打つ草むらとその向こうの黒っぽい水面を見やった。おばさんが言っていたホームレスの家族というのが見えないかと思ったからだった。この場所のこともそのとき聞いた。町の中心部からだいぶ南に下ったところだったが、祖父の家からは案外近かった。

ホームレスの姿などどこにもなかったが、突然、草むらをかきわけて若い男が現れたのには驚いた。その向こうに放置された車が見える。男は浅黒い肌に黒いシャツを着て、臙脂色のキャップを目深《まぶか》にかぶっている。日本人でないような気がした。男は正面にいる千秋を睨みつけながら、何か用、と尋ねた。思わずたじろがずにいられないような強い目の光だった。

「あの、このあたりにホームレスの家族が住みついていないでしょうか」

「ホームレス？」外国人らしいなまりがある。

「しばらく前に、そのなかの女の子が一人、行方不明になったと聞いたんです」

「それちがう。ホームレスじゃないよ」言下に男は否定した。

「でも、なぜ聞く。そんなこと」

千秋が返答を躊躇《ちゅうちょ》していると、背後から声をかける者があった。ふりかえると土手の上にやはり二十代半ばの男がいて、外国語で最初の男と短くやりとりを交わし始めた。英語ではない。何かもっと弾むようなリズミカルな言語だった。

やがてその男も降りてきて、千秋の横に並んだ。

「おまえ、何？　何でマリアのこと聞くの」

「マリア？」

「いなくなった女の子だよ」

黒い肌や濡れたような目の色は共通していたが、襟ぐりの大きく開いたシャツの胸元にゴールドのネックレスをちらつかせているその男には、前の男にはないどこか崩れた雰囲気があった。だけど、そのぶん日本語も流暢《りゅうちょう》なようだった。

「日本人、マリアに興味を持ったのはおまえ初めてだよ。あとはみんな無視。ひどいね。でも何？　何のつもりなの？　なんで急にそんなこと聞いてくるの？」

男がたたみかけるのに、千秋はたじたじとなりながら、かろうじて答えた。

「昨日、行方不明の女の子の死体が見つかったんです」

さっと二人の顔色が変わる。

「マリアの？」

「違います。別の日本人のです。でも、マリアさんも何か関係があるのかもしれないと思って」

男たちはあきらかに安堵したようだった。またしばらく二人で会話していたが、やがて最初の男が吐き出すように言った。

「マリアのこと、ジュリオに聞く、いいよ」

「ジュリオ？」

「マリアの兄、ほかの家族故郷帰ったよ。がっかりしたよ。日本の警察何もしない」

「そのジュリオさんというのは――」

「アサヒ町のマンションいるよ。いいトコ住んでるよ。メゾンオオマチ」

メゾンオマンコ、とゴールドのネックレスが言って下卑《げび》た笑い声をあげた。千秋はかっと頰が熱くなるのを覚えながら、さっと頭を下げて引き返そうとした。そのとき、かたわらの草のなかに半ば埋もれたようになっている車の開いた窓から、しわくちゃに脱ぎ捨てられたTシャツやペットボトルがちらかっているのが見えた。もしかしたらこの男は、この車内で暮らしているのかもしれない、という可能性が頭に浮かんだ。男二人が再びどこかに姿を消してからも、千秋はしばらくのあいだ、そこから動くことができなかった。

カッツンのことを思い出すと、今でも動悸が不意に激しくなる。このときもそうだった。草むらの前に一人取り残された千秋は、真夏の日差しの眩しさも感じずに、じっと胸を押さえて立っていた。

カッツンもまた電気もガスも来ないマンションで暮らしていた。母親に捨てられたのだった。まだ小学校にあがる前の小さな妹が一人いた。カッツンはまあちゃんと呼んでいたが、本当の名前を千秋は知らない。そういえば、カッツンの本当の名前も、姓さえも、彼は知らないのだった。

家賃を滞納し、電気もガスも止められたマンションの部屋は、かすかな腐臭がした。ゴミ袋を外へ出し、冷蔵庫の野菜屑《くず》を掃きだしても、決して消えない生ものが緩慢に腐っていく臭いだった。だが座っているだけで汗の噴き出すその部屋で腐臭に包まれていると、千秋はなぜだかクーラーの利いた自宅や塾では得られない自堕落な安堵感に浸された。成績もクラスでの評判も親の小言も、この時だけは遠く感じられた。

そこは他人の目の決して届かない社会のエアポケットだった。その代償は、腐臭の裏に貼り付いている飢餓と死の可能性だった。

千秋がカッツンと知り合いになったのは、塾のクラスメートの康介《こうすけ》が、帰りがけにカッツンと取引をしていたからだ。カッツンは万引きしたゲームのディスクを半額で中学生たちに売ることで生計をたてていた。その日千秋は、康介が駅の裏手にある自販機の陰の暗がりで、小柄な少年と何かを話しているのに気がついて、近寄っていったのだった。少年には見覚えがあった。千秋と同じ小学校で、四年のときに転校していった子だった。「カッツン」というあだ名だけ覚えていた。そう呼ぶと少年はじっと千秋を見つめてから「滴原、だよね」と聞いた。康介は少し驚いた様子で、「なんなの。おまえら知り合いだったわけ」と言った。

それから千秋は二度ほどカッツンからゲームのディスクを購入した。そのたびに彼はぽつりぽつりと小学校のときの知り合いの近況を尋ねた。答えられるときもあったし、よく知らないときもあった。それでもカッツンは満足そうだった。欲しいゲームがあったらいつでも言ってくれと言った。

千秋がどこの中学かと尋ねると、一瞬黙り込み、おずおずと答えた。

「僕、学校行ってないんだ」

「えっ、そんなのって可能なの」千秋は予想外の答えに驚く。

「親が行かなくっていいって。なんか、手続きとかしなかったらしくて」

「カッツンの親って何やってるの」

「母さんは働いてる。父さんはいない」

翌日康介が、「あいつの親って元はフーゾクらしいよ」と囁いた。沿線にあるそれらしい看板の店から出てきたのを見た者がいるという。

「それになんか、あいつ、ヤバイ感じっしょ」

「ヤバイって何が」

「なんか不幸のオーラ出てんじゃん。触るとこっちまで不幸伝染《うつ》りそう、みたいな。格好もかなり貧乏な感じだし。服とか靴とか半端なくボロボロだし」

その言葉は、かえって千秋をカッツンに近づけることになった。同情したわけではない。むしろ、相手が除け者であることになぜか共感したのだった。もともと人の視線を気にしすぎるところのある千秋は、きらびやかな人間の前にいると疲れてしまうのだったが、カッツンの前では、ごく自然のままでいられる自分に気がついた。

数日後、通りでカッツンと鉢合わせをした。塾の授業をサボっているところなので、どこかで時間を潰さなければならないと言うと、だったらうちに来ないかとカッツンは言った。

カッツンの部屋は、築二十年にはなろうかというマンションの五階だった。一階のホールで、「階段で行く」と言ってカッツンは姿を消した。千秋はエレベーターで上まで上がってから、彼が現れるのを待った。カッツンは少し息を切らして現れた。

「どうしてエレベーターを使わないの？」

「家賃払ってないから管理人に見つかるとまずいんだ。非常階段なら、まず人は来ないから」

そう言いながら彼は戸を開けた。

明かりのついていない部屋の中は暗い。奥から懐中電灯を持った小さな人影がやってくる。

「お兄ちゃん。ごはん」

「おにぎり買ってきたから待ってろ」

人影は、おにぎりのセロファンを剝がすのももどかしいように、勢い込んで食べ始めた。髪の毛がもつれて鳥の巣のようになっている女の子だった。

それ以来千秋はたびたび彼の家を訪れるようになった。

ときにはコンビニに寄ってカップラーメンや弁当を買っていった。カッツンたちが、一日をおにぎり数個で過ごしていることを知っていたからだった。

気にかかるのは、会うごとに彼らがますます薄汚れ、生気を失っているように見えることだった。とりわけ、幼い女の子は、部屋の隅で横たわったままじっと動かないでいることが多くなった。めくれあがったタンクトップの裾から、肋骨《ろっこつ》の浮き出た脇腹が見えていた。

それでも千秋たちはトランプやボードゲームで長い昼間の時間を潰し、ベランダから沈む夕陽を眺めた。口にした牛乳が腐って酸っぱくなっていても、マンションの管理会社が外の扉を激しく叩いても、千秋はその部屋が嫌いではなかった。その部屋では奇妙にゆったりと時間が流れるからだった。

ある日千秋はカッツンから母親が何度も失踪していることを聞かされた。

「子供のときもそうだったんだ。だから僕は祖父ちゃんと祖母《ばあ》ちゃんと一緒に暮らしていた。あと寝たきりのひい祖父ちゃんもいた」

「今はどうしてるの？」

「死んだよ。それで母さんが僕とまあちゃんを引き取りにきた」

それから何度か引っ越しをした、と彼は言った。引っ越しをするたびに、母親が帰ってくる日が少なくなった、とも。

「ひい祖父ちゃんはボケてて、ずっと戦争の話ばかりしていた。ホクマンホクシジャワラバウルブーゲンビル」

不意に呪文のような奇妙な音の連なりが飛び出してきたので千秋は笑ってしまう。

「何だよそれ。もう一回言って」

「ホクマンホクシジャワラバウルブーゲンビル」

「何？　意味わかんねえよ」

「僕もわかんない。ひい祖父ちゃんがよくそう言ってたんだよ。自分が今まで行ったところだって」カッツンは笑いに咳き込みながら言った。

「それで最後はジャングルの中を一人でずっとさまよってたんだって」

「あ、そういうの聞いたことある」

「何日間も何も食べないと、いろんなものが見えてくるんだって」

「いろんなものって何？」

「腹から腸をひきずったまま歩いている兵隊とか、顔が削れて舌の付け根が剝き出しになっている仲間とか」

「超気色悪い」

と同時に、慄然《りつぜん》とするほど怖いのだった。この部屋を飲み込んでいく真空が。ここは沈みかけた泥舟だ。千秋には、すでに水面が喉元までせり上がっているように思われた。

ある日カッツンは、自分たちは以前マクドナルドに置き去りにされたことがあると言った。食事をしたあと、すぐに戻るから、と言って母親が出て行った。そのまま帰ってこなかった。閉店時間が来ると、カッツンは眠ってしまった妹の手を引いて外へ出た。まだ明かりのついている私鉄駅の改札前に立って母親を待った。数え切れないほどの人が二人の前を横切ったが、声をかける者はおろか、二人の存在に気づく者さえいなかった。深夜になると二人はロッカーの前に横になって眠った。ホームレスの人が食べ物をわけてくれた。翌日、昼過ぎになってから警察に保護され、そのまま施設に送られた。そこで三ヶ月を過ごし、迎えに来た母親のもとへ戻った。

あの晩ほど辛かったことはない、とカッツンは言った。そこまでされているのに、カッツンは決して母親の悪口を言わなかった。


美和が再び目覚めると、すでに日は高く上がっていた。軒先から差し込む眩しい陽光が、畳を四角く切り取っている。美和は裸の脛を陽光がじりじりと焼くのを感じながら、ぼんやりと明け方の夢をまた反芻《はんすう》していた。今になって漠然とした違和感に気づいたのだ。燃え上がる紅蓮の炎。そこまではいつもの夢と同じだが、そこから先が何かが違う。何が？　燃え上がる紅蓮の炎。

布団の上で起き直り、眼を閉じて何とか夢の光景を鮮明に甦《よみがえ》らせようと試みる。真っ赤な炎の向こう側、そこに、複数の人影が蠢《うごめ》いているのだった。今までの夢ではそんなことはなかった。現実の火事で、燃え上がった部屋にいたのは美和一人だったのだから。だが、今朝方の夢の中にいたのは美和ではなかった。誰ともわからない、ただ炎の中に立ち尽くすものたち。美和は、これは自分の夢ではないのだと思った。誰か、他人の夢、いや、もっと強い念のようなものだ。

何をばかなことを考えているのだろう、と美和は大きく首を振った。たかが夢に、いちいちこだわるなんてどうかしている。それでなくても自分は、おかしな子だと周りに思われているのだ。

幼い頃から美和は、誰もいないところに何かの気配を感じたり、人影を見たりすることがあった。だがそのことを言うと、両親は嫌がるし、友達は気味悪がり、嘘つきだと馬鹿にするので自然に人には話さなくなった。そのうち、奇妙な姿を見ることも減り、そんな出来事があったことさえ最近はすっかり忘れていた。それがこの町に来てからはどうだろう。感覚が異様に鋭くなり、敏感すぎる地震計のように自分の体が掻き回されている感じがする。

「もうこんなこと考えちゃだめ」

美和は、大きな声を出して自分を叱った。とりあえず布団から出よう。何か退屈しのぎになるようなものがないかと見てみると、枕元に放り出されたままの小冊子が目に付いた。数日前一度だけ開きかけた、『光子文集』と記された本だった。

もう一度中をのぞいてみる。日付のついた短い文章がいくつも並んでいた。

「四月二十六日　日よう日　はれ

わたしの家は線路の近くにある。日に何度も大きな音を立てて機関車が通り過ぎます。せんたくものが真っ黒になってしまうので、汽笛の音がすると、兄弟全員であわててとりこみます。冬の洗たくものは、さわるとはじかれたみたいに指が痛くなります。まだ乾いていない洗たくものだとなおさらです。

わたしの家は、四畳間と六畳間、それから台所です。台所には流し台があるきりで、水道は来ていません。今、新しく作っている鉱夫じゅうたくは、四かいだての集合じゅうたくで、水道もガスも来ているそうです。

わたしはいつもお姉ちゃんが洗たくをするのを手伝います。水は井戸でバケツにくみ、たらいに移してから洗たく板を使います。冬が終わるころには、お姉ちゃんの指はあかぎれでいっぱいです。」

美和は、これはいったいどういう生活なのだろうと思った。そういえば、昨日見かけた家の敷地の隅に古い井戸があったと思い出す。美和はまだ井戸というものをきちんと見たことがなかった。昨日もただ通りすがりに見かけただけだ。

「でも、その長くてつらい冬もついに終わりました。今日は、なか川の川べりに桜の花が咲いているのを兄ちゃんと姉ちゃんと見に行きました。兄ちゃんは、竹を切って作った竿《さお》で釣りをしました。釣りをしていると、だるま舟がやってきて、おうい、と声が聞こえました。見るとお兄ちゃんの知り合いの杉原《すぎはら》さんだったのです。杉原さんはそのだるま舟で、いろんな荷物をはこぶのを仕事にしているそうです。おれも食えなくなったら舟に乗ろうかな、と兄ちゃんがいいました。舟に乗ってのんびり川の上を旅していくのはとっても気持ちがいいそうです。」

そのほかにも、そのミーコという少女は、長屋の狭い庭での野菜作りや、学校で勉強できる時間の楽しさや、友達の誕生会に招かれたときの緊張などについて書いていた。どうやら母はすでに亡く、鉱夫の父親と兄、「選鉱場」で働く姉の四人暮らしらしい。時々出てくる、「ベーゴマ」や「タドン」、「どてら」といった言葉の意味はわからなかったけれど、同じ年頃の女の子の文章として、どこか共感できる部分があることに気がついた。美和は、よくわからない部分はどんどん読み飛ばすことにして、次々ページをめくっていった。

「五月十二日　火よう日　くもり

いま、鉱山では、くびきりのあらし、が吹き荒れているそうです。お兄ちゃんは、まだ若くて、りんじ雇いなので、いつ首を切られるかとびくびくしています。父ちゃんはいまは仕事があるけど、三ヶ月先がどうなるかはわかりません。今日も同りょうの人が二人来て、明かりもつけずにくらい顔でぼそぼそと相談をしていました。北海道に働きにいこうか、九州の炭鉱にうつろうか、という話がわたしにも聞こえてきました。

でも父ちゃんは、気管しに病気があるので、鉱山の仕事は向かないそうです。親せきのおじちゃんをたよって、東京に働きに出ようかといっています。

そういう話をしていたら、たまたま家に来ていたあんまを商売にしている金原《かねはら》のおばちゃんが、いくら今がつらいつらいといっても、あの戦争のころと比べればよっぽどましだよ、といいました。戦争のころは、ほんとうに口にも出せないようなひどいことがたくさん起こったそうです。戦争って、何の戦争、と聞いたら、ダイトーア戦争だとおばちゃんはいいました。わたしは、そんな名前は学校でも聞いたことがなかったので、戦争もずいぶんたくさんあるんだと思いました。」

「五月二十四日　日よう日　雨
いよいよ、父ちゃんが東京に働きに出ることになりました。今日は父ちゃんを見送りに、姉ちゃんと汽車で七重まで行きました。いつもは汽車にのるというだけで胸がわくわくするのに、父ちゃんがいなくなると思うとかなしくて、汽車のなかでもずっとなみだをがまんしていました。父ちゃんも、姉ちゃんも、だまって何もいいませんでした。

七重の駅で父ちゃんはわたしの頭に手をおいて、毎週かならずハガキ書くがらな、おとなしくしてんだぞ、といいました。わたしはこのまま父ちゃんと会えなくなったらどうしようと思うと、わっと泣き出してしまいました。父ちゃんはしばらくこまった顔をしていましたが、そのうち、じゃあ行ぐがら、といって列車にのりこみました。
かえりがけに、汽車のまどから、ロウドウクミアイの事む所のまえに、アカハタが二本立っているのが見えました。」
「六月九日　火よう日　はれ
今日は、ミサオちゃんが、家に遊びに来ました。わたしが父ちゃんがいなくてさびしいというと、ミサオちゃんはきっと元気で帰ってくるよといって、チョコレートをくれました。ミサオちゃんと小さいころからの友だちです。ミサオちゃんはとってもやさしいからです。わたしはミサオちゃんのことをノーがいけないといってばかにする人がいますが、わたしはミサオちゃんにはお父さんもお母さんもいないのに、おいしいものがたくさんある大きな家に住んで、いつもきれいな着物を着ています。」
「六月十二日　金よう日　くもり
今日、たいへんな事件がありました。朝気がつくと、ロウドウクミアイ事む所のまえのアカハタがなにものかによってぬすまれたのです。ハタのちぎりとられたひもだけがだらりとぶらさがっていたそうです。クミアイの人たちは、会社がわのいやがらせだといってゲッコウしています。ゲッコウというのは、ものすごく怒ることです。だれか、鉱山内のいたずらものがやったのではないかというのが、おばさん連中のヒョウジョウだそうです。山のふんいきはずっとぴりぴりしています。

学校でも先生が、そのうちストライキがおきるかもしれない、とおっしゃいました。ストライキは起きるほうがいいのですか、起きないほうがいいのですか、と質問すると、先生は顔をしかめて、それはむずかしい問題ですとおっしゃいました。お兄ちゃんは、ストライキがはじまると、給料がもらえなくなるのでこまる、といっています。なにかあると困るのは、うちのようにいちばんびんぼうな家なのです。だけど姉ちゃんは、会社がわのやりかたもよっぽどひどいと思うのだそうです。

　同きゅう生の鈴木《すずき》さんは、今度の日曜日に、町までいって『カルメン故郷に帰る』という映画を見るそうです。とってもおもしろくていやらしい映画だそうです。わたしも映画が見たいなあと思いました。わたしが映画を見たさいごは、もう一年くらいまえです。」

「六月十七日　水よう日　はれ

　夕方、銭湯に行くと、ちょうどヨーコちゃんとちえちゃんと、清家《せいけ》さんが来ていました。三人で体をあらいっこしているとき、ヨーコちゃんが、ミサオちゃんっていい人だよね、といいました。最近、ミサオちゃんがよく家に遊びに来るそうです。いつも食べ物などを持ってくるので、最初いやがっていたお父さんとお母さんも喜んでいるそうです。このまえは、夏用の赤いきれいなぞうりを持ってきてくれたそうです。するとそれまで黙っていた清家さんが、ミサオちゃんってきれいな顔をしてるよね、といいました。わたしはなんだかいやな気持ちになりました。清家さんは前まで、ミサオちゃんは頭がいけないといってバカにしていたのです。そんなことを急にいいだすのは、おかしいのじゃないでしょうか。ミサオちゃんは小さいころに、イッサンカタンソチュウドクになってから、うまく話したりできなくなったのです。」

「六月二十二日　月よう日　くもり

今度、会社のたてものの隣にある協和会館で映画の上映会をやるそうです。どんな映画をやるかというと『おかあさん』『人生げき場』『紅くじゃく』の三本だそうです。協和会館というのは、会社がわがロウドウクミアイをカイジュウするためにつくった建物だそうで、それでお兄ちゃんは、もう名前だけで胸くそわるいといいます。でもわたしは、映画が見られるので、うれしいです。会社につとめている人の家族は、とくべつ料金で見られます。」

「六月二十五日　木よう日　はれ

最近、学校できみょうなうわさがはやっています。人に話してはいけないといわれたので、どんなうわさかはここには書きません。」

「六月二十七日　土よう日　はれ

一度は取りやめになったストライキを、やっぱりやるべきだという意見が強くなっているそうです。なぜなら、会社があたらしいくびきり計画を発表したからです。山全体がなんだかざわざわこうふんしています。これでほんとうに、来週の映画上映会はひらかれるのでしょうか。

もうひとつわたしが心配なのは、父ちゃんからの手紙が二週間も来ないことです。姉ちゃんは、きっと忙しいのだ、心配するなといいますが、兄ちゃんは自分が東京に行って様子を見てこようか、といいます。でも、様子を見に行くといってもどこに行けばいいのでしょう。東京はとっても広いそうです。」

「六月二十九日　月よう日　くもり

今日、学校から家に帰ると、早く仕事の終わった姉ちゃんが家の前に立ってにこにこ笑っていました。どうしたの、と聞くと、ふところからふうとうを出して見せました。父ちゃんから手紙が来たのです。わたしはうれしくて、大声でさけんでしまいました。姉ちゃんは、わたしといっしょに見ようと思って、今までふうを切らずにいたのです。でも、手紙にはとても悲しいことも書いてありました。父ちゃんは、けんせつ現場で働いていたのですが、あやまってけがをしてしまい、今寝ているのです。姉ちゃんは少し泣きそうな顔をしていました。わたしも東京へ飛んでいきたくなりました。

手紙の最後には、けがは大したことないから心配するな、とありました。お金を送ることができなくてすまない、とも書いてありました。父ちゃんのことを考えると、今でもなみだがにじんできます。」

「七月四日　土よう日　雨

来週の上映会の時間がきまりました。今からわたしはわくわくしています。」

「七月七日　火よう日　雨

今日で五日間雨がずっとふっています。色のすっかりかわってしまった川が、まるで生き物みたいにうねりながらごうごうと音をたてています。坑道に水がたまる危険があるので、ふだんの仕事はお休みで、兄ちゃんも姉ちゃんも家にいます。となりの長谷川《はせがわ》さんは、危険な安全かくにんの仕事に出ているそうで、まだ若いおかみさんが、心配だと顔をくもらせていました。窓から空を見ても、灰色の雲から雨が落ちてくるばかりで、これではおりひめさまも、ひこぼしさまに会えません。」

「七月十日　金よう日　雨

ついにたいへんなことが起きました。川の水がつつみをこえてあふれ出したのです。その勢いで、つつみはくずれてしまいました。水が何けんもの家をのみこみました。暗くなった今でも、外では救助作業がつづいています。一番のヒガイシャは、いつも大八車で野菜を売って歩いている長谷川さんです。長谷川さんの家は、川のとなりにあったために、水の直げきをうけて崩れてしまったからです。そして長谷川さん本人も、こわれた家のなかにいて、たいへんなけがをしてしまいました。ほかにも、長谷川さんの家族や近所の人も傷をおったようです。長谷川さんたちは、近くの建物に運ばれ、天沢《あまざわ》先生が来て手当をしています。」

「七月十一日　土よう日　くもり

今日も昨日の事故の後片づけがつづいています。道路にはまだひざまでの水がのこっていて、そうでないところにも、流れてきた木や板のかけらがたくさんつみあがっています。長谷川さんはさいわい命はとりとめたそうですが、当分は病院から出られません。

家の前の道路にはたくさん水たまりができていました。わたしは、ちえちゃんたちといっしょにそこで、水をはねちらかさないように水たまりのあいだを走りぬける遊びをしていました。地面の上にはあちこちに、茶わんのかけらや、よくわからない布きれのようなものが落ちていました。みんな、あちこちの家から流れてきたものです。それはいかにも、こうずいの後だなあ、と思わせるものでした。わたしのばんだったので、息をとめて、みずたまりのあいだを走りました。とつぜん、足もとのみずたまりがギラッとひかって銀色にかわりました。それにあわせて、すべてのみずたまりが銀色にかわりました。みずたまりはぎらぎらとかがやいています。まるで、こなごなになったかがみがあちこちにまきちらされたようです。わたしは、そのなかに落ちる、と思いました。なぜだか、そのかがみが、わたしにこっちに来いと命令しているように思えたのです。白っぽい空がぐらりとかたむきました。黒い土と白く光る水が、こちらにむかってゆっくりと持ち上がってきます。気がつくとわたしは、地面の上にどろだらけになって倒れていました。頭がキンキンとします。くもっているのに、お日さまがまぶしくてしかたがないような気がします。

ちえちゃんたちがかけつけて、わたしをおこしてくれました。厚い雲のあいだからお日さまがのぞいて、その光がちょくせつ反しゃしたので、わたしは目をやられて、転んでしまったのです。」

「七月十五日　水よう日　くもり

今日はミサオちゃんが遊びに来ました。

最初、いっしょに外で遊んでいたのですが、急にミサオちゃんが、うちに映画を見に来ないかというのです。きっと、わたしがこのまえの洪水さわぎで映画の上映会がなくなってしまったのを残念におもっていることに気づいたに違いありません。わたしは、家で映画を見れるというのはどういうことだろうと不思議に思いましたが、ミサオちゃんが何度も言うので、あとについていきました。するとミサオちゃんは、わたしが行ったことのない会社の建物のうらのほうへどんどん歩いていきました。まわりはとてもきれいな家ばかりなので、歩いているうちになんだかびくびくしてきました。やがてミサオちゃんは、そのなかでも一番立派で、一番大きな家の後ろがわに回ります。そこには小さな戸がありました。わたしはびっくりして、ここミサオちゃんのうち、とたずねても、ミサオちゃんはにやにやするだけで答えてくれません。わたしたちはめいろみたいな大きなおやしきのなかをだいぶ歩きましたが、とちゅうでだれにも会いませんでした。もしもだれかに見つかってしかられたらどうしようと思っていたわたしは、それで少しほっとしました。

最後に、ミサオちゃんは二十じょうくらいある大きな部屋にわたしをつれていきました。そこには細長いイスがたくさんあって、かべの部分には、大きな白い布がたらしてありました。ミサオちゃんは、急に真剣な顔になって、この映画のことはだれにも言っちゃだめだよ、といいました。わたしはうなずいてから、日記もだめ、と聞き返しました。日記だったらわたし以外読む人いないから、というと、ミサオちゃんはしばらく考えて、日記ならいいよ、と言いました。

それからしばらくして明かりが暗くなり、部屋の前の白い布を銀幕にして映画がはじまりました。ミサオちゃんはいつのまにかどこかに行っていました。それはとてもおかしな映画でした。わたしは今まで、あんなものを見たことがありません。いつまでたっても、いつまで見ていても、それがなんの映画だかわからないのでした。見ているうちにだんだん気持ちが悪くなってきました。それくらいヘンな映画だったのです。だけどどうしても目をはなすことができません。去年のお正月に父ちゃんにむりやりお酒をのまされたときのような気持ちでした。そして気がつくと、わたしはイスの上にうつぶせになって、昼に食べたものをもどしていました。ミサオちゃんがあわててやってきて、しばらく背中をなでてくれました。」

「七月十六日　木よう日　くもり

今日、ミサオちゃんが来て、何だかふしぎな話をしていきました。昔、ミサオちゃんは、チョウセンの人と一緒に、古い坑道になげこまれたことがあるそうです。まわりは、死んだ人ばかりでとてもこわかったそうです。そのときにノーがハカイされてしまったのです。今日のミサオちゃんは、目がギラギラしていて、急に大声を出したり、泣き出したり、何だか変でした。」

「七月十七日　金よう日　はれ

夜、ごはんを食べていると、ヨーコちゃんのお母さんが、長屋の戸をたたいて、うちのヨーコ知らねべが、というのです。まだ、家にかえってこないのだそうです。さっきまでいっしょに遊んでだ、というと、兄ちゃんがこわい顔をして、最後に見だのいづだ、と聞きました。あれからヨーコちゃんはどこに行ってしまったのでしょう。

今夜はどういうわけか、通りを激しい風が音をたてて吹きすぎ、おびえた犬が甲高い声で鳴いています。」

「七月十九日　日よう日　くもり

どう書いたらいいのでしょう。わたしは今でも信じられません。

ヨーコちゃんが死んでしまいました。ヤマのうらの七色池《なないろいけ》にあおむけに浮かんでいたのです。発見したのは、会社のしょく員の人で、ふだんあまり人の行かない池のところに行ったのは、いなくなった飼い犬をさがしにいったのだそうです。そこでその人は、ほえもせずに岸辺からヨーコちゃんを見ている犬を発見したのでした。その話を姉ちゃんから聞いたとき、わたしは急に目が回って、その場にたおれそうになりました。

先ほど、七重町からけいさつの人が来て、ヨーコちゃんのお母さんにいろいろたずねていったそうです。ミサオちゃんが泣きながらそう教えてくれました。わたしはこれからも、なにかおそろしいことが起こるような気がして心配で仕方ありません。

今日、ふとんに入ってうとうとしていると、坑道の奥深く、地面のずっと下の方で、炎がごうごうと燃えている夢を見ました。その炎のなかにヨーコちゃんもいました。知らない男の人や女の人もいました。みな、怒ったようなこわい顔をしているか、悲しい顔で泣いていました。わたしはこわくなって飛び起きてしまい、今、ろうそくの光でこの日記を書いています。」

「わたしと一緒だ」美和は叫んだ。水たまり、水面の少女の死体、そして炎の夢。美和はまるでミーコの眩暈《めまい》が感染したかのように、高いところに立たされているような感覚にとらわれた。では、このあとミーコはどうなったのか。美和は急いでページをめくったが、がっかりすることに、その本はそこで途切れているのだった。いくらなんでもこれで終わりということはないだろうと、よくよく確かめてみると、本の背の部分の糸がほつれて数ページ分抜け落ちているらしい。この本を見つけたところに落ちているかもしれないと考えて、あわてて押入れの中を探ってみた。だが綿の出た座布団やいつのものともわからない衣類があるばかりで、紙切れ一枚落ちていないのだった。

「何してら？　なにが探してらのが？」

いつのまにか祖父が部屋に来て、押入れに頭をつっこんでいる美和を見て言った。美和は『光子文集』を渡して尋ねる。

「ねえ、お祖父ちゃん。これ、押入れにあったんだけど、いつのものだろう？」

祖父は首をひねりながら表紙を眺めていたが、わがらねえなあ、婆さんのがもしれねえし、と返事をした。

「今、昼飯のそうめんでぎだから持ってきてやっから」

祖父が顔を引っ込めたのと同時に、美和はもう一度文集をひっくりかえした。途中から開いたので、まだ最初の部分を読んでいないことを思い出したのだ。何か手がかりがあるかもしれない。しかし、美和はまたすぐに愕然とすることとなった。冊子の冒頭にあったのは、次のような文章だったのだ。

「序

妹、五十嵐光子が突然高熱を出して寝ついてから、息をひきとるまではわずか三日のあいだに過ぎなかった。享年十一歳。思えばあまりに短い一生であった。光子は生来明朗快活、幼き日に母を失い、父が病に倒れてからも、明るさと優しさとを失わず、我が五十嵐家に措《お》ける太陽とでも言うべき存在であった。今、こうして追憶の筆をとるにあたっても、思い浮かぶは妹の可憐な笑顔ばかりである。

光子はもともとものを書くのが好きな子供であった。それは小学二年の時、担任の山崎《やまざき》栄子《えいこ》先生より、『山びこ学校』をひきあいにだして綴り方を大いに褒められたせいもあったろうし、私が年来読み散らかしている芥川龍之介《あくたがわりゅうのすけ》、太宰治《だざいおさむ》などの感想をノートに記す癖があることも影響しているかもしれぬ。光子は食事をすまし、学校の宿題を終えると、ちゃぶ台に向かって一日の日記をつけるのが常であった。私達家族はその姿に慣れて、今更目に留めることもなかったが、死後あらためて帳面を開いてみると、そこに在りし日の我が家の生活が生き生きととどめられてある事に涙を抑えることができなかった。

光子が亡くなった時、鉱山はまさに争議の波が高潮しており、今日は団結集会、明日は集団交渉といった様子で、誰もが血相を変えて走り回っていた。その余波で、光子の葬儀はきわめて寂しいものとなった。ここに光子の拙い文を編んで、知人に配るのも、生前光子に何もしてやれなかった兄の、ささやかな紙の弔いのつもりである。

なお、葬儀からこの遺文集の出版まで、天沢潔《きよし》氏の絶大なる援助を得たことをここに記して感謝する。

昭和二十八年十月十五日　　五十嵐圭一《けいいち》」

「ミーコは死んだんだ」

美和は愕然として呟いた。日記を読むうちにミーコの喜びや悲しみにひきこまれていたために、いつのまにか彼女をごく身近な存在のように感じていたからだった。

千秋が帰ってきたら、昭和二十八年というのがいつなのか聞かなければならない。だがその前に、あの唯島姉妹と連絡を取ってみよう。美和は、彼女たちから受け取った電話番号の書かれた紙を取り出した。


唯島姉妹に電話をすると、相手は、今から指定する神社に来てほしいと言った。

「七重神宮といって、白河《しらかわ》の交差点にあるの。たぶん誰かに聞けば教えてくれると思うけど」

「知ってる。一昨日、あなたたちの様子をそこに隠れてうかがっていたから」

畜生、やられた、と受話器の向こうで彼女が毒づくのが聞こえた。

「わかった。じゃあそこに午後二時に来てくれる。あんたの兄さんも一緒に」

「お兄ちゃんは今、家にいないの。電話してみるけど約束はできない」

「そう。それならそれでいい。じゃあ神社でね」

「待って。何でわたしたちが、わざわざあなたたちに会いに行かなければいけないの」

「お互いに興味を持っているから、というだけじゃいけない？」

「興味？」

「それとも来るのやめる？」

「ううん、やっぱり行く。わたしもあなたたちに話したいことがあるから」

一時間後、美和は一人で神社の石段を上っていた。一番上までたどりついたとき、両側にあった狛犬の陰から唯島姉妹が現れた。

「一人で来たの」姉の方が言った。

「お兄ちゃんとは連絡が取れなかったの」

「ふうん。別にかまわないけどね。そうだ、一昨日のことね、助けてくれてありがとう。お礼を言っとく。でも二度とあんな危険な真似はしない方がいいわ」彼女はあくまで高飛車だった。美和はあえて気にせずに、それで？　と尋ね返した。

「これからどうするの。ここで話をするの」

姉妹はどうしたものかと顔を見合わせた。すぐに、姉が「じゃあ、わたしたちのアジトまで来てくれる」と答えた。

「ええっ、いいの、サエちゃん」妹の方が抗議の声をあげる。

「仕方ないよ。あの日だってずっとあとをつけられたんだもん。あそこだってそのうち見つけられちゃうかも」

　三人は連れだって歩き始めた。姉妹は、まるで美和が逃げ出すのを警戒しているように美和の両脇についている。そこを右、この通りを渡って、といった指示に従いながら、美和はそっと二人の様子を観察する。

　姉の方は先日制服を着ていたことからも中学生だろう。妹の方はたぶん自分と同じくらいだ。姉妹は歩いている途中、ほとんど口をきかなかった。

　やがて道は閑静な住宅街にさしかかり、姉妹は唯島医院と看板の出た大きな建物の脇道を折れた。石造りの塀にしつらえられた個人用の門をくぐる。ということは、姉妹たちのいう「アジト」はこの医院の内部にあるのだろうか。彼女たちは、花壇のある細長い庭をぬけて、木造の古びた平屋の前で立ち止まった。板張りのハイカラな建物だが、白く塗られたペンキは剝げて、半ば廃屋のようだ。

　玄関の扉ががたがたと音をたてて開かれた。大きな体をした女が顔を出す。男のように短い髪。鍛え上げられた太腿のように太い腕。

「なんだ、珍しいな、友達を連れてきたのか」

「友達というわけじゃないの」姉の方が答える。「交渉相手と言った方がいいかな。決裂すれば全面的な抗争もありうるかも」

「穏やかじゃねえな」女は苦笑した。

　美和は中に入るとき、建物の横にサイドカーのついた大型バイクが停められているのに気がついて、この女が一昨日のバイクの乗り手だったのだと了解した。

建物の中も古びていたが、意外ときちんと手入れがされていて清潔な様子だった。靴脱ぎがなく、土足のままどんどん中へ入っていく。連れていかれたのは十畳ほどの大きな部屋だった。質素な革張りのソファ、机、事務用のイス、美和はしばらくあたりを見回していたが、ふとまるで診察室のようだと気がついた。たぶん気のせいだろうが、消毒液の臭いまで漂ってくるようだ。

美和の様子を敏感に察したのか、ここは祖父の仕事場だったの、と姉が言った。

「もう何十年も前になるけど、祖父がここで病院を始めたわけ。祖父が亡くなってからはずっと空家になっていた」

「裏手の住居部分はあたしが使わせてもらっている」

戸をあけて入ってきた先程の巨体の女が付け加えた。手に持ったコップの載ったお盆がどこか子どものおもちゃじみて見える。彼女は手早く麦茶の入ったコップを机の上に並べた。

「暑かっただろう。水分をとった方がいい」

生き返るように冷たい麦茶を飲み干すと、姉妹はソファに陣取り、美和は中央の肘かけのついたイスに座らされた。

「じゃあ、さっそく始めましょう」姉が言う。

「あたしもいていいのかい」女が言う。

「シズカにもいてほしいの。じゃあ、わたしから名乗る。わたしは唯島紗江良《さえら》。十四歳よ」

「史生《しお》、十一歳」妹の方が言う。

「わたしも同い年。滴原美和、十一歳」

「ああ、あたしか」全員から視線を向けられて女はニヤリと笑った。

「水木静《みずきしずか》、三十二歳だ。静って柄じゃあねえけどな」

「それで、一昨日は何のつもりだったの？」紗江良が聞く。

「それはこっちが聞きたい」

「あなたがわたしのあとを尾けていることは途中から気づいてたの」

「そう。別にはっきりした理由があったわけじゃないの。たまたま、あなたたち――」

「紗江って呼んで」美和が言い淀《よど》むとすばやく紗江良が口を挟んだ。

「たまたま紗江と史生を見かけたものだから、二人のあとをついていけば何かわかるんじゃないかと思ったの」

「何かってなに？」

「それはわからない」

「何よ、それ。それじゃ説明になってない」

「わかった。うまくできるかわからないけど、できるかぎりのことは説明する。でもその前に、あなたたちも何をしていたのか教えて。それともう一つ、やっぱりお兄ちゃんを呼びたい」

「そうね。あの龍ヶ淵《りゅうがふち》に浮かんでいた女の子を発見したのは彼だものね。わたしたちも彼に来てほしい」

紗江良の携帯を借りて電話をかけると、すぐに千秋が出たが、美和が、今唯島姉妹と一緒にいると言うと、怒り出した。

「何でそんな連中のところにいるんだよ」

「お願い。大切な話があるの。どうしても来てほしいの」珍しい美和の哀願に、千秋も少し落ち着いたのか、わかった、とにかく行く、とだけ約束して電話を切った。

「お兄ちゃんはあなたと同じ年よ。わたしたちはこの町に来たばかりなの。事情があってお祖父ちゃんのところに預けられたの。だけどこの町に来てからおかしなことばかり起こる」美和は紗江良たちに説明した。

「おかしなこと」紗江良は眉をひそめた。

「昨日のことを言っているの？」

「お兄ちゃんが来たら話す」

「オーケー。じゃあ話を進めましょう。まずわたしたちが何をしていたかね。きっかけは、二週間程前の深夜にこの隣の駐車場から車を盗まれたことだったの」紗江良はあらかじめ準備でもしてあったように淀みなく話しはじめた。

その日、紗江良は夜中に目が覚めて、水でも飲もうと起き上がった。そのとき、彼女の部屋の窓から見える病院の駐車場で、二人の男が何かをしていることに気がついたのだということ。

「その駐車場は基本的に来院する患者さんのためのもので夜は空っぽなの。でもその日はうちで働いている看護師さんの一人が車を置いていたのね。白のワンボックスカーなんだけど、その周りで男二人がうろちょろしているのよ。なんだろうと思っていると、車のドアが開いて、男の一人が運転席に入っていったかと思うと、車が動き出したの。もう一人は駐車場の入り口に停めてあった自分たちの車に戻った。二台は連なってそのまま走り去った。これは車泥棒なんだ、と気づいたのはその直後」

紗江良は憤懣《ふんまん》やるかたないというように両手を挙げた。

「大規模な窃盗団の犯罪行為を目撃しながら見逃したのよ。悔しいじゃない」

「大規模って二人じゃ」

「いや、もっと仲間がいるにちがいないと思う」

「あたしはこの先のホームセンターで夜間の警備員をしているんで、その手の話をわりときくんだが」と静が口を挟んだ。

「だいたい自動車の窃盗団は、実際に車泥棒を請け負うグループと盗んだ車の解体や再塗装を行うグループ、そして港まで持っていって海外に輸出するグループにわかれているらしい。それでここからは完全にあたしの推測になるけれども、窃盗団にしてみれば、こんな小さな町で仕事をするのはリスクが高すぎるはずだ。何台も盗まれればたちまち話題になるし、怪しい人間の目星もつけられやすいからな。もしもあたしが窃盗団の一員なら、仕事は基本的に大都市で行う」

「どういうこと？　だって現実に車は盗まれてるんだよ」紗江良が反論する。

「だから今回の犯行は、普段は首都圏で活動している車泥棒が出来心的にやったものじゃないかと思う。人目がないとか一台だけぽつんと置いてあるとか好条件に思えたんだろうな。じゃあ、どうしてこの町に車泥棒がいたのか。さっき仕事は大都市でやるといったが、解体なんかは人気《ひとけ》のない田舎の方がいい。それなりの作業所も必要だしな。それに県境を越えると警察の動きも鈍くなるから、犯行現場から遠い方が好都合だ。さらにこの町には日本海側にぬける道が走っているよな。何を言いたいかわかるか？」

「つまり、首都圏で車を盗んで、この町でいじったり解体したりする、ということね」紗江良がすぐに返答した。

「あと日本海側にぬける道路ということは……」彼女は考え込んだ。

「そうか。大陸へ向かう船に乗っけるんだ。ロシアか中国か」

「その通りだ」

「だからこの町には窃盗団の本拠がある可能性が高い、ということね」紗江良は叫んだ。

「よし、必ず見つけてやる」

「でもそれが昨日の尾行とどういう関係があるの」美和は尋ねた。

「そうだ。話の途中だった」紗江良はぴしゃりと自分の額を叩いた。

「ある日、見かけたのよ。あのにっくき車泥棒をガソリンスタンドで」それから付け加えた。

「よく似た感じの男をってことだけどね。駐車場は暗くて顔なんかはよく見えなかったから。でもわたしはこれはってぴんと来たのよ」

「それが一昨日尾けていた肥った男だってこと?」

「そうなの。その前の日はそのガソリンスタンドで働いている若い男の方を見張ってたの。そうしたらあんたたちが出てきて邪魔するものだから」

そのとき、紗江良の携帯電話が鳴った。彼女は電話に出てしばらくうなずいていたがすぐに言った。

「あんたの兄貴が来たみたいよ。迎えに行ってくる」

紗江良と史生が出て行ったあと、美和は静に尋ねた。「でもこんなことしていて、危なくないんですか」

「そうなんだ。今までは紗江良も探偵ごっこのつもりで夢中になっていたけど、そろそろ考え直す頃合いかもしれない。あたしもこの子たちのボディガードのつもりでいたけどな、本当に警察が乗り出すような事件ならこちらも覚悟をしておく必要がある」静は言った。

美和もうなずいた。もう紗江良や美和の顔は向こうに覚えられてしまったかもしれないのだ。少なくとももうガソリンスタンドを見張ることはできないはずだ。

やがて兄を連れて紗江良たちが戻ってきた。千秋はまだ事態を把握できないようで、混乱と警戒が相半ばしている顔をしている。

紗江良はまた簡単に自己紹介と車の盗難事件の話を繰り返した。千秋も真剣な顔で聞いている。美和が紗江良のあとを尾けていたという話になったとき、勝手に危ないまねをするな、と千秋は怒って美和を睨みつけた。説明が終わると紗江良は言葉を切って美和の方をじっと眺めた。

「じゃあ、今度はあなたの番ね。あなたがわたしたちに話したいことってなに」

美和は不意にみんなから見つめられていることに気づいて緊張した。自分は何か、ひどく場違いなことをしているのかもしれない。けれどもそうではないと囁くものがあった。今みんなに言わなければ、たぶんずっと誰にも言えなくなる。美和は話した。嵐の日に覗き込んだ水たまりに映っていた赤い服を着た女の影。携帯電話を拾ったこと。その携帯電話にかかってきた奇妙な女の言葉。そして、一昨日になって警察がその電話の持ち主の捜索願が出ていると言ってきたこと。口にしてみると、どれも一言で終わってしまうようなつまらない話のように思えた。しかし話し終えたとき、その部屋のなかにいる誰一人口を開こうとはしなかった。しばらくして沈黙を破るように紗江良が言った。

「そういうちょっとオカルトっぽい話は、わたしたちの守備範囲じゃないみたいだ」

「いや、ちょっと待った。女の子がさらわれて殺されたことは確かなんだ。どんな出来事でも頭に入れておいて間違いはない」静が言う。

「だけど携帯電話を拾い上げた瞬間に都合よく電話がかかってくるなんてことあるかな」

「犯人がどこかで見張っていたのかもしれない」

「僕も言うことがあるんだ」千秋が口を開いた。「外国人の子供も行方不明になっているらしい」

その言葉にさっと場に緊張感が走った。千秋は今日外国人から聞いた話を報告した。

「もしかしたら連続の事件かもしれない、ということ？　大変なことじゃない」

千秋はうなずいた。美和は持ってきた『光子文集』をテーブルに置いた。

「関係あるかどうかわからないけど、六十年前にも似たような事件が起きているの」

みんなは啞然として美和を見た。

「一度それを全員で読んでみて。偶然じゃないと思う」

千秋と紗江良たちは、頭を寄せ合って、その本を一ページ一ページ読んでいた。読み終えたころには、外はすっかり暗くなっていた。

「この町で何かが起きている」

紗江良が呟いた。千秋と美和も大きくうなずく。

「こうなったら何もしないわけにはいかない。あなたたちはとっくにこの事件に巻き込まれてしまっているみたいだし、わたしたちにとっては自分の町の危機だもの」

「でも、どれも警察が本気で取り上げるような話じゃないよ」千秋が口を挟んだ。

「だからこそ、わたしたちが何とかしなくちゃいけないのよ」

そして、よしと小さく言う。

「唯島家と滴原家、まずは休戦協定を結びましょう。それから共同で、深夜の自動車盗難事件と少女行方不明事件、ふたつの謎を調査するの」

彼女はまず美和の手を握り締め、つづいて千秋に片手をさしだしながら言った。千秋の方はどこかめんくらったようにその手を握りかえす。

「でも、調査ってまず何をしたらいいの」美和は尋ねた。

「そうね」紗江良は首をひねる。

「とりあえず今日はこれまでにするしかないみたいね。お互い夕食に顔出さなきゃならない時間だし、余計な干渉を招かないためには親の機嫌をとっておくのも大事だものね。明日、本格的な作戦会議を開きましょう。そうだ、あなたたち、明日一緒にキャンプしない？　せっかくの夏休みだもの」

「もう道具も準備してあるの」と史生が付け加えた。

「キャンプ？　どこへ行くの？」唐突な展開に驚いた美和が尋ねる。

「どこにも行かないよ。だってわたしたち忙しいんだもの。この庭でキャンプするの。大丈夫。家の方さえ見なければ、けっこう山の中に来たような気持ちになれるよ」

「庭でキャンプファイヤーしてもいいって許可もとったの。だからご飯も作れるの」史生が言う。

「それから、ええと一番小さい子、颯太だっけ、あの子も来たがるんじゃない？　どう」

「お祖父ちゃんに聞いてみないとわかんない」美和はあわてて答えた。

「そう。じゃあ、さっそく聞いてみてよ」

こうして最初の会合は終わりを告げたのだった。

五、発見されたフィルム

翌日、千秋が唯島家に向かう前に図書館を訪れると、敷地の一角にある水のみ場に先日の奇妙な男がしゃがみこんでいた。開け放しになった蛇口からは、勢いよく水が落ちている。男は真剣な表情で水の流れを見ていた。

迂回するようにして、建物の中に入った。

郷土史のコーナーに行くと、前に読みかけたものを含めて、数冊の本を取り出した。まず知りたいのは、『光子文集』が書かれた昭和二十八年、すなわち一九五三年当時の七重町、そして岩下新町《いわしたしんまち》の様子だった。ノートを広げると、役に立ちそうな情報を順次書き留めておくことにした。二時間もすると、ノートの数ページは、事件とかかわりがあるのだか判然としない断片的な知識で埋められた。たとえば、岩下鉱山の開山は、江戸の元和《げんな》年間（いつだろう、と千秋は思った）であり、佐渡《さど》銀山の開発で有名な大久保長安《おおくぼちょうあん》（これもまた千秋の知らない名前だった）の配下川田弥兵衛《かわだやへえ》という者が中心になったという。そもそもこの付近の山々は、平安の時代にはすでに良質の銀、および辰砂《しんしゃ》を産出することで知られており――山伏が闇夜でも眩しく輝く白蛇のあとを追って地上に露出した鉱脈を発見したという伝説がある――そのことは、朝廷の記録にも何度か出てくるのだった。しかし岩下が飛躍的に発展するのは工業化のために大量の鉱物が必要になった明治に入ってからだった。すでに銀は掘りつくされていたが、良質な銅、すず、亜鉛、鉛、水銀の鉱脈を持つ岩下は政府の肝いりで大規模に拡張され、やがて東日本の中枢鉱山のひとつとして日本の近代化、軍需産業の発展に大きな役割を果たしたのだった。岩下鉱業株式会社、というのが、鉱山を所有し、経営する企業の名称だった（これが日記に書いてあった「会社」だろうか）。彼が机に開いていたうちの一冊、『講座　産業から見る日本の近代史2　鉱業』の第三章「岩下鉱山」には、周囲に広がっていた幾つもの中小鉱山を呑み込んで、日本有数の大鉱山企業が成立していくさまが詳細に書いてあったが、そのややこしく入り組んだ合併や買収や資本提携の記述を読んでいくうちに、千秋は何がなにやらまったくわからなくなってしまった。

敗戦後、鉱山は一時米軍の管理下に入るが、一九五〇年に返還されると、再び大規模な増産体制に入る。納入先は主に米軍。しかし鉱山で働く労働者と経営側のあいだには、給料や安全の確保をめぐってしばしば激しい対立が起こったという。が、一九六〇年代になると、坑道の老朽化、相次ぐ事故、地下資源の枯渇と安価で良質な海外製の鉱石が大量に輸入されるようになったことで、鉱山は急速に経営不振となり、一九六九年には閉山に追い込まれている。

千秋が比較的興味を持って読めたのは、著者が閉山後三十年がたった鉱山を訪問する部分だった。著者は、長年使用されていない廃坑の壁をかためていたセメントが罅割れて地下水が漏出し、古い棟木や梁《はり》は腐って崩れ落ち、鉄骨の柱も何千トンという重みに耐えかねてひしゃげてしまっている様を、白黒の写真とともに紹介していた。

千秋はその本を読み終えて、すっかり硬くなってしまった体をほぐそうと大きく伸びをした。そのとき、まだ読んでいなかった本のあいだから、はらりと葉書大の紙が舞い落ちた。ひろいあげてみるとそれは、公民館での催し物の知らせだった。「岩下鉱山の百年パネル展示でふりかえる鉱山《ヤマ》の歴史」。日付を見ると、もう五年も前のものだ。これではどうしようもないとその紙を戻しかけたとき、一角にある活字に目が吸い寄せられた。「フィルム上映会　会期中、現存している岩下キネマ倶楽部製作のフィルム三本を二階ホールにて上映いたします」。そういえば、ミーコの日記のなかにもフィルムを見る部分があった。何か関連があるんじゃないか。そう思って千秋は、その紙をポケットにしまった。

図書館から出ると、先ほどの男がまだ同じ場所にいるのがわかった。二時間はたっているのに、男の姿勢は寸分も違わなかった。千秋は、小さくため息をつくと、自分から落とし穴に足を踏み出すような気持ちで男に近づいた。

「何をしているんですか」

男は驚いたように顔をあげた。

「見てください。この水道の水」

　千秋も男の横にしゃがみこんで、水が蛇口からコンクリートの排水口までまっすぐに落ちていくのを眺めた。どこからどう見てもただの水でしかない。

「わかりませんか。時々、水の流れがねじれたようになるでしょう」

　確かにその通りだった。だがそれがどうしたというのか。

「この水がねじれたようになる瞬間に声が聞こえるんです」

「声」

「何か苦悶《くもん》のうめき声のようなもの」

　千秋が後ずさっても、男の表情はかわらなかった。

「昔から時々、頭の中で声がするんです。あそこへ行け、とか何をしろ、と命令することもあるし、もっと簡単に、死ね、と言うだけのこともあります。そうでないときは、たいていざわざわと風のような音がするだけです。普段はできるだけ耳を貸さないようにしています。だけどあまり声がうるさくなると、気持ちが乱れて何もできなくなるので、先生のところへ行って薬をもらいます。それでも良くならないときは、先生に頼んで病院に入ります」

「病院」

「病院です」

「病院通いはもう長いんですか」

「二十年と数年になります」

「二十数年」

千秋は驚いた。男は二十代半ばにしか見えなかったからだ。だがその気で見てみると、確かに肌のはりや目尻の皺は中年のもののようにも感じられる。男は言った。

「十五の頃に初めて具合が悪くなって、もうそれだけになりました」

千秋は何を言ったらいいものかわからないまま、思いついたことを聞いた。

「那珂川の下流の方で、外国人がスクラップになった車の中で暮らしているという話を聞いたことないですか」

男は首をかしげ、それから千秋を促すようにして、ゆっくりと建物の外のベンチへと移動した。そこからは那珂川の流れがよく見えた。夏の風がゆるやかに通っていた。

「町の広報でかなりの数の日系ブラジル人が工場から解雇されているという話は読んだことがあります。なかには宿舎を追い出されて行くところがない人もいるかもしれません。もともと日系の人間は、通常の外国人より入国の手続きが簡単ということらしくて、一時期増えたんです。でも不景気になれば放り出される、というのも大変ですね。同情します」

「じゃあ、そのブラジル人の女の子が行方不明になったという話は？」

男は強いショックを受けたようだった。

「そんなことがあったんですか」

「はっきりわかりません。でも、そう言っている人に会ったんです」

「怖ろしいことです。またそんなことが起きるなんて」

「また？」

男は千秋の言葉など耳に入らなかったようで、しばらく低い声で何かを呟いていたが、不意に尋ねた。

「もしかして、誰か亡くなっていませんか」

千秋は気圧されて答えた。「女の子が一人、一昨日死体で発見されました」

男はうめき声をあげた。そしてすばやく立ち上がると、千秋の手に触れた。乾いた冷たい手だった。

「もしも、もしもよかったら、ときどきあなたが知っていることを教えてください。僕のことはササキと呼んでください。もう行かなければ」

「僕は滴原千秋です」と答えるのがやっとだった。男は硬い表情のまま足早にその場所から立ち去った。


白塗りの診療所は、昼下がりの光の中でひっそりと静まり返っていた。すぐ隣に背の高い樹が立っていて、こんもりとしげらせた細長い葉を風に揺らしている。チャイムがないので美和が思い切り戸を叩くと、すぐに奥からジャージ姿の静が現れた。

「おう。ずいぶん早いじゃねえか。兄貴はどうした」

「まず図書館によってから、後で颯太を連れてくるって」

「そうか。紗江たちは買い出しに行ってるよ。まあ、とにかくお茶でも飲んでいったらどうだ」

例の診察室の古びたソファに腰掛けると、静はすぐに麦茶と一緒に西瓜《すいか》を運んできた。スプーンがないので美和が戸惑っていると、静はにやりと笑って、そのままかぶりつきゃいいだろう、と言った。西瓜は全身に染み通るように冷たかった。後で掃除するから気にすんな、と静が言ったので、美和は静にならって口の中の種を木の床に吐き出しながら自分の顔ほどもある西瓜をたいらげた。

「で、美和はこれからどうするつもりなんだい。紗江たちの方は、すっかり探偵ごっこに夢中なようだが」

一足早く食べ終えた静が聞く。美和は渡されたタオルで汁だらけになった口元や手を拭きながら考えた。

「わからない。でもこの町で何が起きているのかは知りたい気がする。それと、光子という女の子のことが気になるの。彼女に何が起きたのか」

静はうなずいた。

「なるほど。その気持ちはわからないではないな。だとすると、これから何をしたらいいんだろうな」

美和はさっきから気になっていたことを聞いてみた。

「静はどうしてわたしたちを叱らないの？」

あ？　というように静が美和の顔を見る。

「静は大人でしょ。大人だったら普通わたしたちのことなんか気にかけないか、気にかけても危険だからやめろって言うんじゃない？　それなのにどうして静はそう言わないの？」

彼女は苦笑する。「そんなにおかしいかな」

「おかしいと思う」

静は何かを考え込む顔つきになった。「あたしが、以前何をやっていたかわかるか？」

「ホームセンターの警備員になる前？」

「そうだ」

そこで一拍間をおいて静は言った。「プロレスだよ。女子プロレスラー。見たことあるか」

美和は首を振った。

「高校をやめてプロレスラーになりたいと言ったとき、うちの父親は、あたしを殴ったよ。一家の恥だと言ってね。あたしはなぜ恥なのかさっぱりわからなかったけれど、本気でやりかえせばこっちの方が強いということはわかっていたから、あたしは殴られるままになっていた。中学になってあたしの背が父親を追い越してからは、正直体力で負ける気はしなかったからね。

まあ、もともとそういう男だったんだ。あたしは、父親が母親を殴るのを見ながら育った。母親はいい人で優しかったが、あまりにも弱かった。殴られるのが当たり前になっていて、自分が女であることや、乱暴な男と結婚してしまったことを嘆く以外に、本気でどうにかしようとは思わなかった。あたしは埼玉の小さな蕎麦屋の娘でね。小学校のときからクラスで一番図体が大きかった。父親と母親の関係を見て育っていたから、この世で一番肝心なのは、相手に脅されたり、騙されたりして屈服しないことだと思っていた。そのために重要なのは、十分に強いこと、無闇に相手を信用しないこと、そして決して自分を曲げないことだ。一度屈服して支配されてしまえば、誰も助けてくれないし、自分でもその状態に馴染んであきらめてしまう。

いつのまにかあたしは、どうやったらこの家から脱出できるか、親に頼らずに生きていけるかということをずっと考えるようになった。中二のときに、駅前のスーパーの新装開店に女子プロレスラーが呼ばれ、試合をして見せた。夢中になった。プロレスラーになりたいと言うと、黙って父親に頬をはたかれた。その後、放課後も補習授業があると嘘をついて大宮《おおみや》にあるジムにこっそり通った。高一のときに小さな試合に出たことが学校にばれて退学になった。でも教師が生徒指導室で生徒の胸元に手を伸ばしてくるようなひでえ学校だったからかえってせいせいした。父親は二度とこの家の敷居をまたぐなと言った。女だてらにそんなことするなんて、というのが両親の言い分だった。女は結婚して子供を産んで一生家の中にいるのが当然だと思っているような連中なんだ。まったく笑っちまうよな。あたしが専業主婦向きかどうかなんて、親ならばわかりそうなものなのに。

それでもようやくあたしは家を出ることができた。寮に住み、掃除や先輩の雑用をし、あいている時間に稽古をした。楽しかったよ。努力すれば努力するほど自分が強くなっていくのがわかる。同じ年の同期のなかには、稽古がつらい、先輩のしごきが怖い、家に帰りたい、と言う者もいたけれどそうは思わなかった。家に帰るくらいだったら、どんな稽古でもトレーニングでもこなしてみせると思っていたからな。そのうちに、何で自分がプロレスに惹かれたのかだんだんわかってきた。それは結局、暴力の問題なんだ」

静は一度そこで言葉を切ると、考えをまとめようとするかのように顔の前で指と指とを組みあわせた。

「あたしは少しずつ、自分が何を恐れ、何を求めていたかを理解できてきた。あたしが必要としていたのは、自分の中の暴力衝動をコントロールすることだった。それはあたしが、暴力が日常茶飯事の家の中で育ったからだろう。プロレスってのは、単に相手を叩きのめして勝つことだけが目的じゃないんだ。それは自分が持っている力と相手が持っている力を入念に測りあい、暴力をエキサイティングなショーに昇華してみせることなんだ。体が大きくなり、力がつきだしたころから、あたしは暴力衝動と密かに闘わなくちゃならなかった。あたしは父親を殺してしまいたい、と思う瞬間が幾度もあったからね。よくニュースであるだろう。子供が親を刺し殺した、とか殴り殺した、とか。そういう話を聞くたびに、いつかうちもそうなるんじゃないかと思ったよ。だからプロレスが教えてくれたのは、自分の中の暴力をコントロールする方法だった。闘うには怒りが必要だ。ゴングが鳴る。相手が口汚い罵《ののし》り言葉を吐く。頭に血が上り、視界が真っ白になる。だけど、そこで怒りにまかせて相手を叩きのめしてしまってはだめなんだ。蹴りひとつ入れるにも、どの角度からどのくらいの勢いで蹴りこめば、大きすぎも小さすぎもしない適切なダメージを与えることができるか計算しなければいけない。そして、それが観客にどれくらい受けるかもね。あたしにはそういうのがおもしろかった」

そこで静はのどが渇いたのか、コップに残っていた麦茶を一気に飲み干し、それからまた話し始めた。

「世の中の多くの人間は、たぶん人から執拗《しつよう》に殴られたことも殴り返さずにいられなかったこともないだろう。それはそれで幸福なことだ。だけどそうでない人間は、知ってしまった暴力の味が自分を蝕《むしば》まないように気をつけなければいけない。暴力ってのは麻薬みたいなもんだからな。自分じゃすぐに制御できなくなるんだ。うちの父親が典型だ。他人の力に支配される生活というのは最悪だけど、それよりももっと下がある。自分の暴力に支配される人生だ。そんなわけで、あたしはトレーニングに精を出した。十九のころから徐々に名前が売れだした。公演のチラシの一番下にあった写真がだんだん大きくなり、やがてトップになった。団体の看板選手であり、タイトル保持者というわけだ。言っておくけど、あたしがいたのは金も知名度もない弱小団体だった。だからチャンピオンだからすごいと言うつもりもない。もっともあたしは、もっと有名で人気のある選手とだって互角に闘う自信はあったけどね。けれど、プロレスの世界というのは、上手くて強いからって順調にのしあがっていけるほど単純じゃない。所属団体の持っている金と権力、業界のコネなんかがモノを言う世界なんだ。あたしは一部のマニアックなファンをのぞけばほとんど注目されなかったし、ファイトマネーだってほとんど残らなかった。別段それを不満に思ったこともない。プロレスを続けられるだけで幸せだった。しかし、その団体がとうとう倒産しちゃってね」

静は一度言葉を切ってからまた話し始めた。

「ついに墜落したとき、この世界に入って十四年のあたしは三十になるところだった。それでも運がよければ他の団体に拾われて、あと四、五年は続けられたかもしれない。だがちょうどその時期に腰を痛めてしまった。もともと経営状況を立て直そうと無理な興行を続けていたせいもある。いわば業界からぽーんと放り出されてしまったわけだ」

「それでどうなったの？」

美和は先が気になって尋ねた。思わず身をのり出していた。

「それまで住んでいた社宅、っても会社が借り上げていた六畳一間のアパートだけど、そこを追い出された。借金取りをおそれて社長は夜逃げ。道場どころか、プレハブの倉庫ひとつ残らない。女じゃ建築現場でも雇ってくれない。このご面相と図体じゃパブやスナックでもお断りだ。色気もなければお愛想も言えない中卒三十女の居場所はないんだってつくづくわかったね」

それから、あんたみたいなおチビさんにこんなこと言っていいのかわからんが、と呟いてから話を続けた。

「実は、一度だけ、昔の客を通して、うちにぜひ来てほしいと言われたことがあるんだよ。なんでも池袋《いけぶくろ》かどこかにガチムチの女ばかり集めた風俗店があるらしい。そんときばかりは、二度とその薄汚い面を出すんじゃねえと怒鳴りつけてやったけどね」

「フーゾク店ってなあに？」

「いや、知らなくていい。聞かなかったことにしてくれ」静はあわてて手を振った。

「とにかく、もうホームレス寸前だった。そんなとき、紗江たちの父親が声をかけてくれたんだ」

「知り合いだったの？」

「唯島医院の院長さんは、熱狂的な女子プロファンなんだよ。うちらの団体の東北地区後援会会長だった」

美和はいつも白衣を着ているようなお医者さんがプロレスのファンだなんて、少しおかしな気がしたが、何も言わなかった。そういう先生は、プロレスごっこは危険です、と言うものじゃないのか。

「彼があたしが困っているのを知って、こちらに来ないか、と言ってくれたんだ。今の警備員の仕事を紹介してくれた。医者の唯島先生といったらこの町では名士だからな。あたしが金がなくて敷金や礼金のある部屋は借りられない、と言ったら、この建物が空いているから住んだらいい、とも言ってくれた。そういうわけであたしは、格安の家賃でここで暮らし、しょっちゅう紗江たちが出入りすることになったというわけだ」

「だから、紗江良と史生と仲良くしているの？」

「いや、それは違う」静はかぶりを振った。

「もちろん唯島先生には感謝している。だけど、恩人の娘だからじゃなく、あたしは紗江たちのことを友達だと思っている」それから彼女は首をかしげた。

「なんだか、いつのまにかあたしの一代記みたいになっちまったが、言いたかったのはこういうことなんだ。まずあたしは世間の大人の言い分というのを基本的に信用していない。何をやるかは自分で決めなければならないし、どうやるかは自分で頭を使って考えるしかない。それは子供も一緒だ。二つ目に、何かできることがあったら手伝うし、危険があれば全力で守るつもりだが、あたしは紗江たちに干渉するつもりはない。あたしだって十三のときに、プロレスラーになるって決めたんだ」

美和は、何となく静の態度が腑に落ちたような気がした。だけどまだどこかピンとこないところもある。

「なにか静と紗江が友達って――」

「不自然か」静があとをひきとった。

「年も違うし、顔も体も対照的で美女と野獣ってことか」静が肩を揺らして笑うので、美和は困ってしまってうつむいた。

「まあ、別に否定はしねえよ。だけど、紗江って一見高飛車なお嬢さま風だけどよ、あれで案外傷つきやすいんだぜ。あれこれ悩んじまうタイプだな。あたしと一緒で集団に馴染めない。はっきり聞いたことはねえが、たぶん学校でもうまくいっていない」

「そうなの」美和は意外だった。教室でもあの調子で自分のグループを率いているのだと思っていたからだ。しかし、妹を連れて探偵ごっこに夢中になっているのも、そのせいかもしれないと思い当たった。友達がたくさんいる女子中学生はたぶんもっとほかのことで忙しい。美和の知っている友達の姉は、ジャニーズとファンシーグッズの収集とクラスメートとのメールのやりとりに空いている時間すべてを捧げていた。

「何かとめだつキャラだからな。美少女ってのも面倒くせえもんなんだ。小六のとき、近所の学生風の男がしきりにあとをつけまわしたり、写真を撮ったり、プレゼントをわたそうとしたりするという事件があって、だいぶへたってたよ。あのころはわざと薄汚い格好したりしてたな」

「その男はどうなったの」

　静は肩をすくめて思い出し笑いをした。「あたしが呼び出して何の用だって聞いてやったらすっかり震え上がってな、すぐに引っ越しちまったよ」

　そのとき、外の扉が開き、人がやってきた気配とにぎやかな話し声が聞こえてきた。千秋と唯島姉妹が帰ってきたのだった。

「うわさをすれば影、だ。あたしが紗江の話をしていたことは黙っていてくれよ」静が囁いた。

「あら、来ていたの。ちょうどよかった。野菜剝くの手伝ってよ」診察室の戸を開けると紗江良が美和を見て叫んだ。


「まず最初に鍋底でニンニクを炒めて油に香りを移すんだ」

「まずニンニクね。次はナスとピーマンとパプリカだったよね」

「ちょっとそのニンニク、まだ薄皮がついてるみたいだ」

「だってニンニクの皮ってうまくとれないんだもん。いいじゃない。ちゃんと炒めれば大丈夫よ」

「うちの父さんはね、紗江姉がたまに料理をすると、男の料理みたいだって言うの。何でもぶつ切りだし、ちらかしっぱなしだし」

「あんたは黙ってなさいよ。あっちで野菜切っといてって言ったでしょ。ナスは油を吸うからたっぷりと注ぐんだよね」

「いや、でもそれは入れすぎだよ。それじゃてんぷらが揚げられるよ。それにピーマンは中の種をとるんだよ」

「ねえ、火にもっとたきぎ足していい？」

「紗江が炒めてるピーマンもナスもうちで取れたんだよ。だから形がちょっと変でしょ。お父さんは、朝早くおきて庭の野菜の世話をするのがストレス解消法なの。でもたくさん取れすぎるからいつも食べきれないの。キュウリなんてねえ、取るのが遅れるとすっごく大きくなってヘチマみたいになるんだよ。美和んちは庭で野菜作ってる？」

「ううん。だってうちマンションだから庭ないもの。それにわたしヘチマって見たことない」

「ねえ、火にもっとたきぎ足していい？」

「うちはねえ、あのこんもりした木のあたりまでがお父さんの畑なの。その先は実は隣の農家のものなんだけど、ここからだと全部うちのみたいに見えるでしょう。あそこに生えているトウモロコシも隣のなんだけど、ときどき取ってきちゃうの。隣の婆ちゃんが少しならいいって」

「うちはベランダのプランターでハーブ作ってるよ。あとシソとか。でもお母さんが水やるの忘れてたら枯れちゃった」

「ねえ、火にもっとたきぎ足していい？」

「やっぱ、汗が出るなあ」

「ねえ、火にもっとたきぎ足していいかって聞いてるの！」

「うるさいなあ。いいけど、細い小枝とかにしてくれよ。これ以上火の勢いが強くなったらかえってやりづらいよ」

「颯太は火の周りちょろちょろしすぎだよ」

「なんだよ。美和こそ邪魔なんだよ」

「あちっ。今、すごい油飛んだ。まじ、すごい熱いんですけど。火ぶくれできそう。うわ、また飛んだ。なんか、ばちばちいいまくりなんだけど」

「野菜の水気をちゃんと切っていないからだよ。本当は水洗いしたあと、ペーパータオルでざっとぬぐっておくといいんだ」

「あんたって本当に主婦みたいね。家庭科の成績なんてさぞいいんでしょうね。もしかして、裁縫とかもできちゃったりするわけ。冬になるとセーター編んでたり」

「うちは共稼ぎでお母さんが忙しいから、夕ご飯はけっこう千秋が作るの。千秋の料理けっこうおいしいよ」

「僕も手伝うよ」

「嘘、颯太はぜんぜん手伝ってなんかないじゃない」

「余ったご飯、全部食べてるよ」

「それは手伝ってるとは言わないの」

「うちも共稼ぎだけど紗江はぜんぜんご飯作んないよね」

「うるさいな」

「だから本当に忙しいときは、出前になっちゃうの。でね、お母さんは自分で決めたくせに、体に悪いって文句言うの。夫婦で医者なのに、本当に医者の不養生だって」

「わたし、あんまり出前って食べたことないな」

「ねえ、怒ってる？　裁縫がうまそうとか言ったのまずかった？」

「うわあ、蜂だよ蜂。すごい大きな蜂来たよ。鍋に入っちゃうよ」

「わたしが一番好きなのはピザのデリバリー。スペシャルトロピカルピザって食べたことある？　パイナップルとサラミソーセージの上にマヨネーズがたっぷりかかっていて、すごく体に悪そうなの」

「パイナップルとサラミっておいしいのかなあ」

「うん。それ食べると、紗江は必ず翌日鼻の頭に大きなニキビができるの。わたしは大丈夫」

「余計なこと言わなくていいの」

「あ、蜂行っちゃった」

「ねえ、なんでさっきから黙ってんの」

「炒めるので忙しいんだよ」

「ほら、蟬見つけた。蟬だよ蟬」

「ちょっと、颯太、蟬の死骸持った手で食べ物触んないでよ。あっ、バカ颯太、蟬の死骸鍋の中入っちゃったじゃない。まったくどうすんのよ、もう」

　できあがった夏野菜カレーを腹いっぱいつめこんで、軒先からのばしてきた水撒き用のホースで食器を洗ったころ、庭を回って紗江良たちの母親が現れた。まだ仕事の途中なのか白衣を着たほっそりとした女性だった。彼女は、隙のない眼差しで、すでに火を消されてひとすじの煙が立ちのぼっているだけのかまどや、その横に仲良く張られたふたつのテントなどを点検すると、姉妹に声をかけた。

「どう。うまくいっている？」

「うん、何の問題もないよ、ママ」

「そう。冷蔵庫に西瓜が冷えているからあとで取りに来なさい」

それから千秋たちに会釈した。

「こんばんは。東京の方から来たんだってね。何か必要な物があったら娘に言ってね」

千秋と美和は頭をさげた。

「史生、あなた虫除けのスプレーは持ってきたの」

「持ってるよ」

「ほかの人にも貸してあげなさい。じゃあ、わたし戻るから」

母親が行ってしまうと、さっきまで西日にさらされていた庭が、すっかり夕暮れのなかに沈んでいることに千秋は気がついた。目を上げると生垣越しに、光の粉をまぶした空を背景に紫の峰々が連なっているのが見える。昼のうち、千秋は、ソフトクリームのような形をした積乱雲が、その峰の上部に純白の柱となって聳え立っているのを、どこか眩しいような気持ちで眺めたのだったが、その雲も今はなく、ただひとすじ刷毛《はけ》ではいたような白い線が中空に架かっている。騒々しいくらいだったひぐらしの声もいつのまにかやんでいる。

「はい、これ」隣に来た紗江良が、バケツに入れて冷やしてあったうす青い瓶を手渡した。

「ラムネ？」

「そう。うちの母親がときどき懐かしがって買ってくるの。普段はジュースなんかにはうるさいくせに」

そう、と答えたきり、千秋は、そういえばうちの母親も縁日でのどを鳴らしてラムネを飲んでいたことがあったな、と思い出した。その様子を見て父親は笑っていた。今頃、二人の「話し合い」はどうなったのだろうか。

「ねえ、これからどうするの」

そう言われて千秋はどきりとした。一瞬、これからの自分たちの生活のことを言われたのかと思ったのだった。もちろんそんなはずはなかった。紗江良は寝るまでの時間をどうして過ごすのかと尋ねているのだった。

「よかったら散歩しない。少し見せたいものがあるの」

「何？」

「すぐ近くだから。小学校にあるの」

彼らは五人そろって出発した。夏の大気は夜になってもどこか生ぬるかったが、生垣を抜け、通りを渡って、家並みもまばらな地域に来ると涼しい風が通り始めた。そこは住宅地と農地の境目のようで、道路の片側には、夜目にも青く感じられる水田がのびのびと広がっていた。やけに弱々しい街灯がぽつりぽつりとしかないために、水田はまるで暗い海のように見え、ときおり車がやってきたときにだけ、ヘッドライトに照らされて、風にそよぐ稲の葉に変わるのだった。

「ほら、あそこ」

紗江良がその暗い海に突き出した岬のような場所を指差した。そこがどうやら目的地の小学校らしかった。紗江良と史生は、千秋たちを先導して、ぐるりと校庭の外側をまわり、校門の脇の背の低い植え込みを越えて静まり返っている敷地内に侵入した。千秋は、不意に警報ベルがなり、宿直の教師が校務員を引き連れて駆けつけてくる姿を一瞬思い浮かべたが、紗江良たちはまったく警戒する様子もなくすたすたと先を歩いていった。

黒々とした校舎の陰に入ると、住宅地側からの光がさえぎられて、あたりの暗闇が一際濃くなった。目を凝らしても足もとさえよく見えず、千秋は躓《つまず》いて転びそうになった。紗江良は校庭の真ん中まで歩いていくと、突然「ほら、見て」と上を指差す。千秋は空を見上げ、思わず小さくため息をついた。

千秋がこれまで見た覚えのないほどの星が、光の屑のように空一面にばらまかれていた。とりわけ、真上にあたる天頂いっぱいに、それこそミルクをこぼしたかたちに、銀河が白い光を放って広がっている。彼らは、しばらく言葉もなく空に見入っていた。紗江良が言った。

「どう？　東京じゃこんなの見れないんでしょう」

「うん、ぜんぜん見れない」

「ここが一番よく見えるの。うまい具合に町の光が隠れちゃうから」それから紗江良は
「『光子文集』のことが気になるって言ってたね」と聞いた。

「うん。また図書館に行って、あの時代の岩下鉱山のことを調べてこようと思った。特にあの女の子の事件とか」

「そうね。わたしもちょっとあてがあるから調べてみる」それから言った。

「例のマリアという女の子も死んじゃったのかな」

「そうかもしれない」

「ひどい話だね」

「うん」

「一昨日の女の子も、マリアも、それから日記のなかのヨーコちゃんも、まだ本当に小さかったのに」

千秋は紗江良の声の調子に奇妙なものを感じてふりかえった。そして、暗がりのなかでも紗江良の頬にひとすじかすかに光るものがあるのを認めてあわててうつむいた。二人は黙り込み、しばらく美和たちが順繰りに知っている限りの星座の名前をあげているのが聞こえるだけになった。やがて、紗江良が「あ、流れ星」と呟いたのを耳にして千秋はあわてて上を見上げたが、もう空をよぎる星の姿は見えなかった。

やがて朝になった。

テントにさしこむ日の光は、寝室にさしこむ朝の光よりも、ずっと眩しいと千秋は思った。風に揺れる梢の影が、テントの布地に落ちて灰色の斑点となって踊っている。隣を見ると、美和と颯太が手足をからませあうようにして眠っていた。テントの中はすでに暑かった。時計を見るともう七時をまわっている。

外に出ると、ちょうど隣のテントからも紗江良が目をこすりこすり出てくるところだった。

「おはよう。よく眠れた？」

「うん。なんとか」

「ちょっと待ってて。今、台所行って朝ごはん取ってくるから」

数分後に紗江良が、冷たい牛乳の入った大きなピッチャーと食パン、それからバターとジャムを抱えて戻ってきたとき、美和と史生も起きだして、テントの前の芝生に座っていた。

「で、今日、どうするんだっけ」紗江良は食パンの上に苺ジャムを塗りたくりながらたずねる。「そうそう、わたし一つ約束があるの。千秋も来てくれる」

「うん、いいけど」

「じゃああとでまた呼びに来るから」

美和は少しだるい様子なので、史生の部屋で休ませてもらうことにした。三日前の夜の高熱のことを考えて大事をとることにしたのだった。

「わたしと一緒にマンガ読んでようよ」と史生が言った。「颯太はどうする」

「祖父ちゃんちにかえる」

「じゃあ、母さんに送ってもらうよう頼むから。よし、決まり」紗江良がぱんと両手を打った。「でもその前にテント片付けるの手伝ってね」


「岩下鉱山で起きた昔の殺人事件について知ってるかもしれない人と、会う約束をしたの。ワクワクタウンのマクドナルドで待ち合わせだから、今から行きましょう」

道々、紗江良は急ぎ足で説明した。

ときどき彼女が覗いていたウェブサイトに、岩下鉱山に残る建物や坑道跡などを撮影して掲載しているものがある。すべて自分の手で撮ったとおぼしい写真で、たぶん数百枚に及ぶだろう。サイトの運営者はいわゆる廃墟マニアらしく、写真の撮り方もどこかおどろおどろしくて一枚一枚にお化け屋敷めいた大げさなキャプションがついている。

「廃墟マニア?」

「岩下の鉱山跡はけっこう有名なのよ。採掘のための施設だけじゃなくて、鉱夫向けの住宅や学校なんかが何十年も雨ざらしになったまま残っているのね。それが雑誌のグラビアにとりあげられたり、ときにはテレビで紹介されたりして、だんだん知られるようになって。連休にでも行けば、たいてい肝試しのカップルや冷やかしにわざわざ都会から車で来た連中なんかに出会えるよ」

「廃墟って肝試しするとこなの？」

「いや、それが馬鹿馬鹿しいんだけどね、有名になるにつれて、勝手な噂が付随していくの。この場所では首のない男がバイクに乗っていた、とかなんとかね。心霊スポットってやつになっちゃったわけね」

　もと岩下新町に住んでいた人間も多い七重では、そうした噂がまじめに取り上げられることはほとんどない。雑誌の心霊特集の言う通りだとしたら、岩下新町は、修学旅行シーズンの原宿《はらじゅく》並みに、亡霊や地縛霊や怨霊でにぎわっていることになるだろう。

「原宿って行ったことないんだけどね」と紗江良は言い、田舎ものだと思われるのが癪《しゃく》だったのか「別に興味ないし」と付け加えた。

「わたしの親戚でやっぱり鉱山に勤めていた人もいるけど、のどかでいい町だったって言ってたよ。全員が鉱山で働く人かその関係者だから、みんな大きな家族みたいな感じだったんだって」

「ずいぶんあの日記の雰囲気と違うな」

「まあ、人によって見方、感じ方が違う、ということなんでしょうね」紗江良は肩をすくめた。「その親戚は会社の職員だったみたいだし。貧しい鉱夫の家だったミーコのうちが大変だったのは事実だと思う」

「それでウェブサイトの話はどうなったの」

そのサイトにも、ご多分にもれずその手の噂話が収集されていた。紗江良の見る限り、その数において類似サイトを圧倒していたという。もともと廃墟などに興味のない紗江良がそのサイトのことを記憶にとどめたのは、なかに深夜に無人のまま疾走する幽霊トラックの話があったからだった。

「もちろんそんなもの信じてないよ。でもね、例の解体した盗難車を運ぶトラックなんかが夜間そのあたりを走っているんじゃないかと思ったの。ばかげた噂でもそのきっかけになった事実はあるかもしれないでしょう？」

そのことを思い出した紗江良は、今朝、もう一度サイトを確認してみたのだった。そして、案の定、一九五〇年代に正体不明の殺人者によって殺された少女がいたという部分を見つけたのだった。

「それで、そのことについてもっとくわしい話を聞きたい、と今朝メールを出したの。何度もメールのやりとりするのも面倒だから、もし近くにお住まいなら、直接お会いしたいって」

「それで来ると言ったんだ」

「うん。ちょくちょく鉱山跡まで足をのばしているみたいだから、ぜったいこの辺の人間だと思ってた」紗江良は力を込めて言いかけたが、その瞬間、はっとしたように入り口の方を見やり、千秋に目顔で合図した。

今、カウンターでコーヒーを渡された客が、落ち着きなくしきりに店内を見渡している。

すばやく手をあげた紗江良を見て一瞬はっとしたようだったが、すぐに早足で近寄ってきた。

「こんにちは。廃墟探訪のケロリンです。あなたがサチコさん？」と彼は、サイトで使っている名前らしきものを名乗った。あらためて二人の若さに驚いたようだった。

「そうです。こちらは友人です」

「ふうん、もしかしてあんたたち、中学生？」と言葉遣いまでかわっている。

千秋はうなずきながら、あらためて目の前の男の様子を観察した。年は三十前後だろうか、スラックスに半袖の開襟シャツという格好で、いかにも平凡な勤め人めいて見える。だが伸び放題の髪はぼさぼさで、半年は髪を刈りに行っていないようだ。

男は持っていた書類かばんをテーブルの上に投げ出すと、プラスチックの椅子にだらしなく腰掛けた。

「で、僕のサイトについて何か聞きたいことがあるんだっけ」

「わたしたち夏休みの自由研究で、岩下で起きた未解決の事件について調べているんです。ずいぶん本なんかも見たんだけど、そういうのがまとまっているものって少なくて。そのなかで、一番役に立ったのが、あのケロリンさんのサイトだったんです。あのサイトってすごく網羅的ですよね。それに資料もきちんとあたっていて、出典も明示されていて。あいうサイトって、その辺があいまいなのが多いんです。だから直接いろいろ教えていただければ、勉強になるんじゃないかと思って――」

唐突すぎて、千秋の耳にはとってつけたようなおべんちゃらにしか響かなかったが、男にはそれが逆に不意打ちだったのかもしれない。彼は満更でもない笑みを浮かべて、「まあ、あれは僕は歴史的なアーカイヴのつもりでやっているからね」と言うと、盛大な音をたててコーヒーを啜った。

「それに電子の海の中に投げ込んでしまえば、フィクションもリアルも、同等のステータスを主張できると僕は信じてるし。古めかしい噂や都市伝説だって、ひとつの拡張現実と考えればいいと思うわけ。そういう古いモードをあえてネットと融合させてみる、みたいな。僕なりに新しい情報のかたちを模索している、なんて思っちゃったりすることもあるんだよねえ。でも、どうして未解決事件について調べようなんて思ったの？」

「今月はじめ、テレビの特番で、『日本の黒い霧』ってドキュメンタリーやってたのご覧になりませんでした？　それで下山《しもやま》事件っていうのを知って、なんだかおもしろいなあって。この辺では似たようなことなかったんだろうかと思ったんです」

「松本清張《まつもとせいちょう》か。社会派だなあ。なるほど、それで五〇年代というわけか」

男は体をそらして、一瞬ショートパンツから伸びた紗江良の太腿に視線を走らせると、

「少しぐらいだったらご協力できますよ。僕も郷土の歴史に若い人が興味持ってくれるのはうれしいからねえ」と言った。

「じゃあさっそくですけど、一九五三年に小学生の女の子が死体で発見されるという事件があったみたいですね」

「どの事件のこと？」

「どの事件？　幾つもあったのですか？」

紗江良の驚いた顔がおもしろいらしく、男は勢い込んで話し始めた。おそらく、もとから知識をひけらかしたくて仕方がなかったのだろう。

「下山事件、三鷹《みたか》事件があいついだ四九年の七月ほどではないけどさあ、五三年の七、八、九月は岩下鉱山にとっては激動の夏だったんだよね。この三ヶ月のあいだに少女誘拐殺人事件が三件たてつづけに起こっている。それに労使の衝突。ロウシってわかるかな。労働者と使用者、つまり鉱夫と会社側がぶつかったのね。暴力沙汰もあったって聞いてるよ」

「誘拐殺人事件が三件もあったんですか？」紗江良が割り込むように言う。

「正確には殺人が二件に、誘拐が一件かな」男は話の腰を折られたのが不満なのか、少し唇を突き出すようにしながら言った。「一件は死体があがってないから」

「その日付や状況ってわかります？　そのひとつは、発見が七月十九日で、名前はヨーコ――」

「ん、確かにそんな名前だったような。それがひとつ目だね。でもきみも案外くわしいね」

「祖母から聞いたんです」紗江良はあわてて嘘をついた。「ほかの二つについてわかりませんか？」

「さすがにここでは思い出せないけど」男は天井を睨むかたちになる。

「家に帰ればわかりますか」

「いや、だめだ。僕も知り合いの元新聞記者の爺さんから聞いた話なんだ。本などで見たものじゃないから」男は白状した。

「それで犯人は？」

「それがつかまってないんだよね。もちろん大事件だったから、警察もずいぶん必死になったらしいんだが。もともと小さな町だろう。流しの鉱夫がいるといっても、いつも人が出入りしているような都会とは違う。交通だって限られた場所なのに」

それから男は身を乗り出してきた。

「ところがその爺さんが、退職直前に、また同じような事件があったらしいんだな。手口も被害者もそっくりだったって。爺さん、ずっとしたらしい」

「いつの話ですか」

「一九七五年十一月」

千秋と紗江良は思わず顔を見合わせた。紗江良の目の中にも驚きの色があった。

「そのお爺さんに何とか会えませんか」

「死んだよ。十年前に」男は急に興味を失ったように横を向きながら言った。それからすっかり冷めてしまったコーヒーを一口飲み、いかにもまずそうに顔をしかめた。

「すごいな。紗江って。僕は一言もしゃべれなかった」

男が帰ったあと、千秋が初めておずおずと口にしたのがその言葉だった。決して物怖じしない紗江良が眩しく見えた。だが紗江良には、その控えめな賞賛も耳に入らないようだった。彼女は眉根を寄せて、ただいま男から引き出した情報を反芻していた。

「ねえ、時期がわかってるんだから、そのときの新聞を見てみれば事件のくわしい経緯がわかるよね。図書館にあるかな、一九五三年七月から九月までと一九七五年十一月。地方紙がいいと思う」

「そうだね。探してみよう。ただ六十年もまえのものだからどうか」

「何かほかに手がかりないかなあ」いらいらと爪の先でテーブルを叩く。千秋は思い出してポケットのちらしを取り出した。

「これ、図書館で偶然見つけたんだ」

「なに？」

「ミーコの日記のなかに、誰かの家でへんな映画を見せられる部分があったじゃない。それと関係あるかもしれないと思って」

「キネマ倶楽部？　サークルみたいなものかな？　映画を作っていたんだろうか」

「かもしれない」

「今、電話してみる」紗江良は、ちらしの一番下に芥子粒《けしつぶ》のような字で書いてある町役場の電話番号を押した。さらにそこから、県庁の史跡保全課にかけろと言われ、そこでもまた他の部門にたらいまわしにされるといったことがしばらく続いたが、それでも二十分後には、瀬川弘《せがわひろし》という名前ひとつを紙ナプキンに書きとめていた。電話番号は個人情報だから教えられないって言ったけど」

「フィルムというのはこの人個人の所蔵なんだって。

「一〇四で聞いてみよう」今度は千秋が携帯をとりあげた。幸い、七重町に瀬川弘という人間は一人しかいないらしい。千秋は少し緊張しながら、今テープの音声で知らされた番号にかけた。

「はい。瀬川ですが」

初老の女が出る。千秋は、つっかえつっかえ岩下キネマ倶楽部について調べているのだが、そちらにフィルムがないかと尋ねた。

「岩下キネマ倶楽部」女の声は奇妙にうつろだった。しばらく考えるような沈黙があったあと、「ああ」とため息のような声が漏れた。

「そのようなものがあるかもしれません。詳しいことは主人にしか」

「申し訳ないですが、ご主人と少しお話しできませんか」

「主人は入院しています。わたしでよかったら家までおいでください」

そのまま受話器を置いてしまいそうなのを、千秋はあわてて住所を聞き出した。

「すぐに行こう」

瀬川の家は、大きくも小さくもなかったが、持ち主の趣味を感じさせるどこかハイカラな意匠の建物だった。けれど、築何十年かたって、全体に薄汚れてしまっているのはいたしかたがない。家の前の通りに、メタリックグリーンの外車が停まっている。千秋は、それがジャガーであることを確かめた。車庫に入っていないところを見ると、瀬川の家の車というわけではないらしい。

　チャイムの音を聞いて玄関の扉から現れた六十年配の女は、二人並んで会釈する千秋と紗江良を見て、怪訝《けげん》そうに首をひねった。その顔に浮かんでいるのは、迷惑をかけられているという苛立ちよりも、単純に疲労であり放心であるように思えた。

「あなたたちが、何か昔のフィルムを探しているという方？」

「そうです。岩下キネマ倶楽部について調査しているんです。あの、ここで上映された作品なんですけど」とちらしをさしだす。

　女はそれを受け取ると、胸ポケットにさしてあった老眼鏡をかけてしばらくその文字を眺めていた。それから顔をあげて、ようやく千秋たちを炎天下に立たせたままであったことに気がついて言った。

「じゃあ、ちょっと中へお入りください。ちらかっているので、玄関までだけど」

　家の中に入って驚かされたのは、広くもない玄関と廊下の壁一面に、無数の映画ポスターが貼られていることだった。いずれも年季が入った古ポスターで、日に焼けて黄ばんだり、隅がまくれてめくれあがったりしている。『ラ・ジュテ』『めまい』『去年マリエンバートで』、どれも千秋の聞いたことのない古い映画ばかりだった。

ている の」

「先ほど言いましたけど、フィルムのことは主人しかわからないの。その主人が今入院しているの」

不意に紗江良が小さく叫んだ。「瀬川さんって、もしかして幻影座の——」

「そう」初めて女の顔にかすかな微笑が浮かぶ。「館主です。でもその幻影座ももうおしまいね」

「残念です。町でたったひとつの映画館なのに。うちの父親もそれを聞いたらきっとがっかりすると思います」

「でもよくもったものだと思うわ。始めたのはわたしの父なんですけどね。終戦直後に」

それから女は、紗江良の顔をしげしげと眺め、「あなた、唯島さんっておっしゃったわよね。もしかして、唯島先生のお嬢さん？」と尋ねた。

「そうです」

「唯島先生も常連さんだったのよ。もっともずいぶん若いころのことですけど」

「話は聞いています」

「そう。今回、主人も最初、唯島医院の方に行ったの。でもすぐに大学病院で検査した方がいいと言われて」そこまで言うと、女はティッシュで鼻をおさえた。女の洟《はな》をすする音だけが響き、もともと細かった会話の糸はぷちりと切れてしまったようだった。もう引き上げるしかないかと思いかけたとき、「あれ、紗江ちゃん？」と明るい声がした。

廊下の奥の戸が開いて、二十代半ばに見える男が顔を出している。長身だが、女のように繊細な顔立ちの男だった。紗江良も驚いたように「三樹雄《みきお》さん」と大きな声を出した。

「どうしたの。こんなとこで会うとは思わなかった」

紗江良は顔をしかめた。

「ちょっと調べてることがあるの。このお宅に、岩下キネマ倶楽部というところが作った映画のフィルムがあるかもしれないと聞いたの」

「岩下キネマ倶楽部？　何だい、それ」

「よくわからない。たぶん岩下鉱山にあった映画サークルみたいなものだと思うんだけど」

「あら、三樹ちゃん。唯島さんのお嬢さんとお知り合いなの？」瀬川の妻が聞く。

「ええ、親同士が知り合いだったもので、紗江ちゃんのことは幼稚園のころから知っています。そちらの方は存じ上げないけど。初めまして、大間知《おおまち》三樹雄といいます。もしかして、紗江ちゃんの彼氏？」

男の目が値踏みするように千秋の全身をさっと舐める。

「ちがう。つまらないこと聞かないで」紗江良は間髪をいれず答えた。千秋はあわてて名前を名乗った。

「三樹雄さんこそどうして？」

「ああ、知らなかった？　僕は高校生のころ幻影座でアルバイトをしていたんだよ。いつも入り浸っていたらね、そんなに映画が好きなら手伝わないかって。親父さんにはいろいろと教えてもらいました」最後の一言は、瀬川の妻に向けて言われたものだった。

「いいえ、あの人も三樹雄くんがいてくれて助かるってよく言ってたわ。やっぱりそろそろ年だったのね」

「その親父さんが倒れたって聞いたから、とりあえず飛んできたんだ。いろいろとお疲れだったでしょうに、お茶まで出していただいて」

「いいのよ。そんなこと」

「で、岩下キネマ倶楽部だっけ。もしフィルムがあるとしたら、映画館の方だと思うんですけどちがいますか」

「ええ、そうかもしれない」瀬川の妻はうなずく。

「二、三日中に、僕が幻影座の方に行って確かめてみてはいけませんか?」

「そうね。そうしてくれれば助かるわ」

三樹雄は瀬川の妻に近づくと、その両肩に手をおいた。小柄で痩身の彼女をまるで抱きしめているように見える。彼女はまたティッシュで目尻をぬぐいはじめた。

「じゃあ、僕は行きますね。親父さんはきっと元気になりますよ。僕も今度病院に顔を出します。僕にできることがあったら何でも言ってください」そう言って彼は別れを告げた。

玄関を出ると、三樹雄はジャガーの扉を開けながら、僕の車に乗っていくか、と尋ねた。

紗江良がいいと答えると、三樹雄は今度は千秋に目を向けた。

「そう言えば、この前滴原美和ちゃんという女の子とばったり会ったんだけど、もしかして、千秋くんの妹さん？」

「え、ああ、そうです」千秋は答える。

「そう。なかなか可愛いらしい子だね。じゃあ、すぐにでもフィルムを探して連絡するよ」と言う三樹雄に、紗江良は「じゃあ、これ持っていって」と例の公民館のちらしを押し付けた。腹に響く鈍い排気音を残して車が去ったあと、千秋は紗江良に尋ねた。

「あの人、どういう人なの」

「だから言ったでしょ。父親が知り合いだったんだって」紗江良は突き放すように言った。

「何してるの？」

「東京の大学行ってる。今、院生かな。でも確か九月からアメリカに留学するはずだけど。ＭＢＡを取るとかなんとか。これでフィルムが見つかってくれればいいんだけどね」

千秋もうなずいた。


今日はほかに用事があるからと紗江良が去ったあと、千秋はこれまでのことを考えながらゆっくりと歩き出した。幾つもの過去が、突然トランプの札のように投げ出されたことに戸惑っていた。一九五三年と一九七五年。そして今。それぞれ三件、一件、二件の未解決事件が起きている。これだけ時間のあいた出来事のあいだに連続性があるなどということがありうるだろうか。だいたい六十年という時間は長すぎる。ほとんど地平線の果てに没しているかに見える遥かな過去を視野にとらえるためには、とにかくもっと情報が必要だった。とりわけ不審なのは一九七五年の事件だ。もし五三年の一連の事件と同一犯だとするならば、どうして間に二十年もの月日が空いたのだろうか。千秋はそのことが気になった。一番ありそうなのは犯人がどこかに隔離されていた、例えば刑務所に入っていた、ということだ。だが、そうしたデータをどうやって調べればいいだろう。

サッカーの練習の帰りなのか、千秋の脇を、青いお揃いのユニホームを着た三人の少年がすれちがう。そのうちの一人が、歩きながら暑さに耐え切れなくなったのか、シャツを脱いで上半身裸になった。何脱いでんだよ、とじゃれあう声が聞こえた。千秋は、剝き出しになった日に焼けた胸に眼をやって思わず赤面した。自然に鼓動が激しくなる。

中学校にあがった頃、千秋は周囲の男子たちが、一様に目に昏《くら》い光を浮かべだしたことに気がついて戸惑った。彼らは男同士で集まると、決まってどこか後ろ暗い笑みをもらしながら、同じクラスの女子の名をあげて、その胸の膨らみや尻の丸みを話題にするのだった。

しかし、千秋が気になったのは女子のではなく、彼ら自身の体の変化だった。男子たちは、驚くほど短い期間に、それまですべすべと若い生木のようだった手足を、ごつごつと節くれ立ち、強靭《きょうじん》な筋肉で覆われたものに変容させていっているように思われた。透明だった声が濁って低くなり、唇のまわりにうっすらとひげが生えた。肌が荒れ、にきびが噴き出した。千秋本人の体も、着実に変化しているように思われた。

その頃千秋は、男子たちがつねに鼻腔の奥をむっと刺激するようなスパイシーな香りを放っているように感じられた。その刺激臭は、脇の下や首筋から漂ってきて、吐き気を催させると同時に、いつまでもそれを嗅いでいたいような酩酊感《めいていかん》を誘うのだった。体育の授業で激しい運動をしたあとなどに教室に戻ってくると、空気中にその臭いが充満しているように思われた。そのたびに千秋は、思い切り窓を開けて、空気をすべて入れ替えてしまいたい衝動に襲われた。

そんなある日、雨続きで洗濯物が乾かないことに業を煮やした母親に命じられて、千秋は自分の衣服を抱えて近所のコインランドリーに出向いた。家にはない乾燥機でまとめて乾かしてしまおうというのだった。機械が廻っているあいだ、彼はぼんやりと周囲を眺めていた。部屋の片隅に水着の女たちが表紙の週刊誌やマンガ雑誌が積みあがっていたが、千秋はどこか不潔な感じがしてそれらに触れる気がしなかった。

ふと、コインランドリーの窓から、隣のアパートの敷地の内側が覗けることに気がついた。あいだを隔てている生垣が枯れ落ちて、ごくごく限られた角度からだけだが、小さな庭と、その向こうの建物の一部が見えるのだった。ありふれた安アパートだった。だが、カーテンが開いているために、一階の室内が丸見えになっていた。千秋はそこに目をやって息をのんだ。二人の学生風の若い男が裸のままで絡み合っていたからだ。彼らは互い違いになって相手の腰に顔をうずめていた。千秋は徐々にそれが何を意味するのか理解するとともに、頰が熱くなり、吐きたくなるような嫌悪感を覚えたが、なぜだかそこから眼をそらすことができなかった。どれほどのあいだそうしていたのだろうか。ほんの数秒か、せいぜい数十秒だったのかもしれないが、千秋にはひどく長く感じられた。不意に、男の一人が顔をあげ、まっすぐに千秋の方を見た。眼の大きな色の白い男だった。汗ばんだ額に、柔らかくカールした髪の毛がはりついていた。千秋は、男に気づかれたと思って、とっさに窓際から飛びのくと、乾燥の終わっていた衣類を急いで紙袋につめて足早にコインランドリーを立ち去った。

ところが家に帰って千秋はもう一度大きな呻き声をあげることになった。どこでまぎれこんだのか、紙袋のなかの洗濯物に、見慣れぬ男物のブリーフが交じっていたのだった。千秋はとっさにそれをゴミ箱に投げ捨てようとしたが、不意にふりあげた腕がとまった。こちらを見つめる男の面差しが甦った。いつのまにか股間に手が伸びていた。

精を放った後、千秋は汚れてしまったブリーフをハサミで細かく切り裂いて、翌朝出すゴミ袋の底に突っ込んだ。決して人に知られてはならないと思った。知られたら生きてはいけないと感じた。

石鹸《せっけん》を使って慌ただしく手を洗いながら、千秋は、その名前も知らない若い男を激しく憎悪した。あの男が自分を穢《けが》したのだ。自分はまともな人間の列から転落してしまったのだ。千秋は、自分が濁流に巻き込まれて流されていくように感じ、恐怖と恥ずかしさと罪悪感のために震えた。そのまま洗面所の壁に頭を打ち付けたいくらい絶望していた。

それなのに、それ以来、夜毎の自慰が止められなくなった。カッツンと出会ったのは、そんなときだった。

　ふと気がつくと、千秋は町の中でもっとも町並みの古い地区にいた。以前通りすぎた飲み屋街のすぐ近くで、戦前のものではないかと思われる古びた商店や事務所が大半を占めていた。壁面に蔦《つた》のからまった赤煉瓦造りの銀行などは、往時はこの町の繁栄の象徴だったのかもしれないが、今ではその蔦も、灰色に枯れてひからびていた。建物のほとんどは、赤錆の浮いたシャッターや文字の剝がれ落ちた看板という形で、その繁栄が過去のものであり、着実に町が衰亡しつつあることを告げていた。

　交差点の一角に、切り損ねて歪んだショートケーキという印象の建物が立っていた。いちごにあたるのは、屋根の上に据えつけられた小さな時計塔で、大きさだけは他を圧していたが、全体を覆ったクリーム色のモルタルにしろ、壁面のギリシャ風の柱にしろ、どこかちぐはぐな印象は否めなかった。けれども千秋は、ローマ字の看板を読んで、それが先ほどまで話題になっていた古い映画館の幻影座であることに気がついた。彼は、ふと好奇心を感じて近づいた。

　正面の入り口はかたく閉じられている。その脇にある窓口は分厚いカーテンで遮られ、無数のスチール写真が貼りつけられてきたに違いないガラスケースも、今は数個の錆びた画鋲を残すのみだ。

　千秋は左側のガレージの奥に、古びた木製の扉があるのを発見した。従業員の出入り口だろうか。薄い擦りガラスが半分割れていた。千秋は鋭い縁で怪我をしないように気を遣いながら、薄暗い屋内を覗き込んだ。

最初は、褐色の影が幾重にも折り重なって見えるだけだった。狭苦しい室内。ごちゃごちゃと荷物が置かれている。わかるのはそれだけだ。それから、不意に何かがよぎった気がした。誰か人がいるのだろうか。それとも、猫でも入り込んでいるのか。

千秋は扉のノブをいじってみた。期待もしていなかったのに、ノブはするりと廻り、最初から鍵がかかっていなかったことが判明した。千秋はしばらくためらったあとに中に踏み込んだ。埃とカビの臭いが鼻腔の奥を刺激する。彼はあわてて鼻をおさえて、破裂しかけたくしゃみを飲み込んだ。

狭苦しい通路を行くと、すぐにロビーに出た。小さな天窓からさしこむ光の柱が、浮遊する埃をきらきらと輝かせている。片隅に目立たない階段があることに気がついた。客が使うには少し急すぎるが、従業員なら大きな荷物を抱えていても上り下りしてみせるだろう。千秋はごく自然にそこを上り始めてから、自分は何をしているのだろうと訝《いぶか》った。いつから勝手に知らない建物に忍び込んで泥棒みたいにうろつきまわるようになったんだろう。

だがそこは無人ではなさそうだった。最初に聞こえてきたのはジーッという低いモーター音だった。それから何かを滑らせる擦過音、そして、心地よいコーヒーの香り。コーヒー？　彼は立ち止まった。音と香りは、すべて目の前のスチールの扉の隙間から漏れていた。さらに煌々《こうこう》たる光も。千秋は戸惑って立ち止まった。

「お入り。千秋くんだろ」内側から快活な声がした。

先ほど瀬川の家で会った大間知三樹雄が、白く発光するデスクの上にフィルムを広げて座っていた。

「どうして僕だってわかったんです」

「ここからは、客室とロビーが同時に見下ろせるんだ」三樹雄は壁の細長い覗き窓を示した。

「ここここそ古き良き幻影座の心臓部、部外者の立ち入りを厳しくはねつける聖なる奥の院、ピラミッドで言えばファラオの棺が安置されている玄室、すなわち映写室だ」

彼は立ち上がって壁際に据えられたいかにもものものしい機械に触れた。

「そしてこれがご神体だ。この二台の映写機が、心臓のふたつの室が全身に赤い血を送り出すように、交互に映像を吐き出していく。それまで暗闇しかなかった場所にイメージが生まれる。光あれ。世界の誕生だ。実際、それは世界に等しい。この世界に存在するあらゆる出来事とあらゆる感情を映像は包摂しているのだからね。あらゆる怒り、悲しみ、歓び、そして死。僕たち映写技師はその映像の魔術に奉仕する神官というわけだ」

そこまで言うと彼は破顔一笑して、それまでの芝居めいた語り口を終わらせた。

「まあ実際には上映中は僕らは神官らしく厳《おごそ》かにふるまっている余裕なんかない。フィルム缶から取り出したフィルムの傷や汚れをチェックしてリールを嵌《は》めこみ、レンズを調整して、サウンドトラックを確認し、そのあいだも次のリールの準備をしておかなければならない。一方、観客席でタバコを吸うやつがいないか、カップルが極端に不埒《ふらち》な行為に及びはしないか監視することも重要だ。もっとも最近は、ディスクを放り込んでパソコンのキーをポンと叩けばあとはゲームでもしてられるというところが増えているらしいけど、ここは何しろ昭和にタイムスリップしたみたいなところだからね。このオンボロ映写機ときたら、少し目を離すと、貴重なフィルムを噛み砕くわ、無茶苦茶にこんがらからせるわ、大変なことになっちまう。僕もずいぶん親父さんに搾られたもんだ。もっとも最近は、フィルムが途中で切れても文句を言う観客もいなかったけどね。最初から客席はからっぽだったから」

「あの、岩下キネマ倶楽部の映画は見つかったんでしょうか」千秋はおずおずと尋ねた。

「そうだ」三樹雄は膝を打って傍らのフィルム缶を取り上げた。

「うっかり忘れていた。ほら、これだよ。保存状態も上々だ。ほら、この穴の部分をスプロケットというんだけども、ここが破れてしまうと映写機にはもうかけられない。古いフィルムの保存というのは難しいんだ。上映にだって細心の注意を要する。そうだな、明日の夕方にでも来てくれないか。それまでには見られるよう準備しておこう」

千秋が礼を言うと彼は鷹揚《おうよう》に手を振った。

「いやいや、一映画ファンとして郷土の映像遺産が発掘されるのは嬉しいよ。ただ、なぜきみたちがこんなものに興味を持っているか、だが」

夏休みの自由研究で、と千秋は曖昧に答えかけたが、三樹雄は軽く肩をすくめてその続きをなかったことにしてしまった。

「まあ、いいんだ。ただきみが、あのいささか危なっかしいところのある唯島のお嬢さんたちを守ってくれるなら」

「守る？　僕が？」千秋は驚いてオウム返しにくりかえした。

「そう。わかっているだろうが、彼女たちは少し暴走してしまうきらいがある。誰かが手綱をひきしめておいてやらなければならない。でないと、何かが起きてしまうかもしれない。誰もが不幸に感じるようなことがね」

「でも」千秋は唇を嚙んだ。

「僕には守るなんて……」カッツンだって守ることなんかできなかった、という思いが噴きあがる。

「だってきみは男の子だろう。女の子を守るのは当然じゃないか」

「知りませんよ、そんなこと」千秋はそっぽを向く。

不意に三樹雄の表情が、何か興味深いものを見つけたかのように変わった。彼はしばらく黙って千秋を眺めて、それから微笑んだ。

「もしかしたらきみは、何か問題を抱えているんじゃないかな。もちろん悩みのない思春期なんてほとんどありえないし、もしそんなやつがいたとしたら、それは単なる救いようのない愚か者だ。もし嫌でなかったら、きみのその悩みを少しだけ僕に打ち明けてみてはどうだろう。実は僕は人の苦しみをちょっとだけ味見してみるのが好きなんだ。満足が凡庸で退屈な人間しか生み出さないのに対し、苦しみは人を興味深い存在に変えるからね。どう、僕に話して、わずかでも楽になってみないかい」

三樹雄はそう言いながら、千秋の腰掛けていたソファに腰を下ろし、にじり寄ってきた。三樹雄の吐く息は甘い花の香りがした。

「そんな……何を言ったらいいんです」千秋は抵抗する。

「なんでもいい。今、きみの頭に浮かんだことを口にしてごらん」

「僕は、友達を見捨てたかもしれない」千秋はあえぎあえぎ言う。

「ふうん。それは興味深い。もっと詳しい話を聞きたいな」彼は身を乗り出して顔をほとんど千秋の耳元まで近づけた。

「だけど、いずれにせよ、きみはその記憶に忠実であるべきだと思う。その思い出が種のように発芽して徐々に葉や枝を広げていくのを待つんだ。ヤドリギが宿主の木を食い殺してしまうようにね。その果てに新しい本当の自分が現れる。傷を宿していない自分なんてもともと偽物にすぎないからね」

「すみません。僕帰ります」千秋は急いで立ち上がった。返事を待たずに、戸を押して映写室の外へ出る。

階段を一人で下りながら、千秋はまたカッツンのことを思い出していた。友達を見捨てた、という自分の言葉が舌の上で焼けるようだ。今でもあのとき、何かができたとは思わない。しかし、自分が何もしなかったのは事実だった。

終わりは唐突に訪れた。

その日、千秋がカッツンの部屋の前まで来ると、鉄の扉の向こうから、猫の鳴く声のような音が漏れてきた。様子をうかがうような弱々しい泣き声だった。扉を開けるといつもとどこか違う、甘いような、乳臭いような匂いがした。泣き声もかわらずつづいていた。千秋は不審に思いながら、廊下の先の襖を開いた。そして、和室の中央に置かれた物体を見て、唖然として立ち尽くした。

赤ん坊だった。まだ生後六ヶ月にもなっていないだろう。隣にいたカッツンが千秋を見て、照れたような笑みを見せた。赤ん坊は手足をばたばたさせながらトマトのように赤い顔で泣いていた。

カッツンが、妹から渡された哺乳瓶を赤ん坊の口にあてた。吸うそばからミルクは唇から溢《あふ》れ、襟元のよだれかけに沁み込んでいったが、それでも赤ん坊は満足したのか、目を閉じて小さな寝息をたてはじめた。

「どうしたの、これ」千秋は尋ね、「朝起きたら、いた」というカッツンの答えにまた絶句した。

「たぶん、母さんが置いていったんだと思う」

「お母さんがやってきたの」

「うん」カッツンはうなずいた。「隣に、お金とこれが置いてあった」と大きな白いビニール袋を指差した。中には、十枚程度の紙おむつと濡れティッシュ、缶入りの粉ミルク、哺乳瓶を洗う道具などが入っていた。

その日一日を赤ん坊と一緒に過ごした。妹のまあちゃんが、身振りつきで歌をうたってやると赤ん坊は小さな声をたてて笑った。ちいさいあき、ちいさいあき、ちいさいあき、みいつけた。赤ん坊の手のひらは、本当に小さい紅葉《もみじ》のようだった。夏が終わり秋にかわろうとしていた。千秋はおそるおそる赤ん坊の手や頭に触れて、その肌がすべすべと柔らかいのに感嘆した。黒目がちの濡れた瞳孔《どうこう》を覗き込むと、そのまま別世界に吸い込まれてしまいそうだった。

夕方、千秋はカッツンをベランダに呼び出した。

手すりに体をもたせて千秋は言った。「もう限界だと思う」

「なにが」

「赤ん坊は無理だよ。警察に言うしかないと思う」

カッツンはしばらく枯れ草の生えた植木鉢を足で蹴っていた。植木鉢の底が床とぶつかる乾いた音だけがくりかえされる。それから言った。

「わかってる。千秋が連絡してほしい」

「僕が」彼は驚いて言った。

「千秋が」カッツンはくりかえした。「警察が嫌いなんだ。僕とまあちゃんはここにいるから千秋が行って来て」

「今でいいの」

カッツンはうなずいた。

千秋は、部屋の外に出ると、通りに沿って歩いていき、コンビニエンスストアの前にあった公衆電話の受話器を取った。しばらく考えた末に、一一九番に電話することにした。ダイヤルしてコールが二回鳴ると、若い女のオペレーターが出た。「はい、一一九番です」

「すみません。部屋に赤ん坊がいるんです」

「部屋に赤ん坊がいる」オペレーターは冷静沈着に復唱した。「で、それのどこに問題が」

「ほかには僕たちしかいないんです。ミルクの飲ませ方もしらないし、おむつだって替えたことありません。何をしたらいいかわからないんです」

「なるほど。それで保護者の方は」

「いません」

「いつ戻るのですか」

「戻りません。戻るとしても、それが半年後になるか、一年後になるかわかりません」

オペレーターはしばらく状況の全体像を確認しているようだった。それから言った。

「了解しました。これから乳幼児の扱いに習熟した救急隊員をそちらに向かわせます。住所とあなたの名前をお願いします」

「名前は言えません。すみません」

住所を告げて受話器を置いた後、千秋はどこか呆然とした気持ちでマンションに戻る道を辿りはじめた。隊員が行くまで二十分ほど見てほしいとオペレーターは言った。赤ん坊はそのまま病院に運ばれる。だが、カッツンと妹はどうなるのだろうか。そのまま、ということはないだろう。千秋自身は、隊員が現れるぎりぎりの時間を見計らって部屋を離れるつもりだった。

空っぽの部屋の中央で、赤ん坊は毛布にくるまれてすやすやと眠っていた。「人が来るまで赤ちゃんをよろしく」と書かれたノートブックが隣においてある。気がついた千秋はあわてて階段を駆け下りた。マンションを出て、とりあえず人通りが多い方へ走る。やがて、駅ビルへ通じるペデストリアンデッキの上に、まあちゃんの手を引いた後ろ姿が見えた。千秋は、大声でカッツンと呼んだ。彼はふりかえり、千秋の姿を捜すように、一瞬首《こうべ》をゆっくりと巡らせた。片手が持ちあがり、口が大きく開かれた。千秋は息をつめてそこから吐き出される叫びを待った。孤独と貧窮の年月から絞り出された長い長い叫び声を待った。だが、彼は何も言わなかった。力なく腕が下ろされると、妹の手を摑んで、そのまま人ごみに消えてしまった。

それが千秋がカッツンを見た最後だった。街に消えた二人の行方を千秋は知らない。

来たときと同じ暗い通路を抜け、千秋は再び映画館の外へ出た。人気のない通りを進む。道はすぐに細い路地となった。後ろから誰かが急ぎ足で近づいてくる。

追い抜かれる瞬間、千秋はぼんやりとその人影が女であることを認識した。女が頭をさっと一振りすると、髪の毛が扇状に広がり、千秋は一瞬空間全体が髪の毛で一杯になったような幻覚にとらわれた。そして女が抜き身のナイフを持っていることにも気がついた。次の瞬間彼は足をはらわれてバランスを崩し、地面に突っ伏した。細いが強靭な腕がすばやく彼の喉をとらえた。頰を地べたに押しつけられて、千秋は身動きすることができなかった。

「この嘴《くちばし》でおまえの目をつついてやろうか」金属的で耳障りな声だった。女が身を翻して立ち去った後も、千秋はしばらくのあいだ、うつ伏せになったまま動くことができなかった。

午前中を史生の部屋で過ごした美和は、祖父の家に帰ってからも、どこか頭の中に霧がかかったような気持ちでいた。理由は神社で見た神楽舞《かぐらまい》にあった。史生と話をしているうちに今行われている夏祭りの話題になり、せっかくだからと二人で出かけたのだった。

まだ昼過ぎだったが、境内に並んだかき氷や焼きそばの出店は、子供の手を引いた家族連れや浴衣姿のカップルでにぎわっていた。美和は以前ここに来たことがあったのを思い出して言った。

「ここでねえ、へんなお兄さんに会ったんだよ」

「どんな」

「わたしね、紗江と史生のことこっそり見張っていたの。そうしたら、声かけられて」

史生は美和の説明する男の風体を聞くと言った。

「それって三樹雄ちゃんかもね」

「誰」

「お父さん同士が知り合いで、昔はよくうちに遊びに来てたの。でも最近はご無沙汰だな」不満そうな口ぶりだったが、すぐに史生の気分はかわった。一角にしつらえられた舞台の周囲に人が集まりだしたのを見てとったからだ。

「ほら見て。お神楽が始まるよ」

「お神楽?」

「巫女《みこ》さんが舞うの。とってもきれいだよ。昔は男の人が女の着物を着て、女の人は男の着物で踊ってたんだって」

「どうして」

「巫女さんは男でも女でもないから」

そのとき、周囲の観客たちのあいだから、小さな歓声がもれた。舞台の奥に張られた白い幕が開いて、巫女装束の女が現れたのだった。観客たちは小さく拍手をしたり、カメラを高く掲げたりしていたが、美和はその女の姿を見てはっと息をのんだ。なぜか一瞬、水たまりに映っていた女を思い出したのだ。どうしてなのかはよくわからない。共通点といえば、肩までのびた長い髪だろうか。

「ねえ、ごめん。なんだか気持ち悪いの。うちに帰りたい」

祖父の家に戻っても、美和はしばらくそのときの光景を忘れることができなかった。女が緩慢に腕を動かしているだけの何ということもない舞なのだ。それなのに、夜中の墓地のようにどこか薄気味悪く感じられる。もっともそんなことを考えていたのは、あのなかでも美和一人だったかもしれないが。

「美和、あれわがった」

突然祖父が部屋に来てそう言った。寝そべっていた美和はおどろいて飛び起きた。

「何？　あれって」

「あれだ、本。この前見だ本」

「本って、『光子文集』のこと？」

「んだ。押入れさあったやづ。あれ、親父の方のアマザワ先生からもらったもんだ」

「アマザワ先生？」そういえば本の中にもその名前が出てきたはずだ。

「美和、あの本のごど何か知りてえのが？」

「うん、知りたい」美和は勢い込んで言う。

「じゃあ、アマザワ先生のどこさ行ってみっが。息子のアマザワ先生だ」

アマザワ先生の家は車で五分くらいのところにあった。砂利だらけの路傍に車を停めて降りたとき、美和は本当にここに人が住んでいるのかと訝った。それほどその家は、伸び放題になった生垣や隣の竹藪にうずもれてしまっているように見えた。背の低い木造の家だった。壁板の隙間に土がたまっているのか、小さな花が幾つも咲いていた。

祖父は戸を開けると、「すみません、上条ですが、アマザワ先生いますが」と低いがよく通る声で言った。すぐに「はあい」と女の声がして、ぽっちゃりとした白髪の女性が現れた。ふっくらと優しそうな顔立ちだが、これがアマザワ先生なのだろうか。いや、さっき「息子の」と言っていたから、先生は男性のはずだ。

「どうも、どうも。アマザワ先生いますが」祖父はくりかえした。

女はにこにこしながら二人の様子を確かめると、「ちょっとお待ちを」と言ってまた引っ込んだ。「先生、お客さんですよ」と声がする。すぐに戻ってきた女に案内されて、美和たちは家の奥の壁一面が本でうずまった部屋に入り込んだ。

長い真っ白な髪をした男がデスクの前の車椅子に座っていた。小柄なうえに頭が大きくて、どこか木製の人形みたいに見える。

「やあ、上条くん」男は分厚い眼鏡の向こうの目を細めながら言った。

「アマザワ先生、どうもお久しぶりです」

この二人のうちどちらが年寄りなのだろう。美和は二人の様子をうかがいながら思った。言葉遣いや態度から見れば、祖父がこの老人を尊重していることは明らかだったが、それ以上に二人のあいだには、ごく自然な親しさ、親密さが存在しているように思われた。

「孫です」祖父は美和の肩に手を置いて言う。

アマザワ先生は黙ってうなずく。

「先生はな、ちっせい頃、俺の家の近所さ、いだったんだ」

「上条くんは暴れん坊だった」

「アマザワ先生の親父さんはお医者さんでな、困ったどきはみんなそこさ行ったんだ。金ねぐても診てくれだがらな」

「みんな野菜とか米とか持ってきてね」

「医者のアマザワ先生っていえば、大した有名だったんだ」

「で、僕は医者というのは大変な仕事だな、と思ってね、結局家を継がずに都会に出てしまった」

そこへ先ほどの女性がお茶を持ってきた。

「先生が紅茶の方がお好きなんでそれにしてしまったけど、よろしかったかしら」

「いやいや、俺はいらねえがら。かまわねで」祖父は大げさなくらいに手をふった。

「上条くんは知らないですよね。こちら、斉藤《さいとう》さん、春以来食事の準備などをしてもらいに来ている」そして美和の方を見てつけくわえた。「この前心臓をわずらってからは、ごらんの通り、自由に歩くこともできない体でね」

祖父とその女性は頭をさげあった。それを見ていたアマザワ先生が、「で、今日はどうしてお孫さんを連れてきたのかな」と言い出した。

「こいづが先生に聞きでえごとあるって言うがら」

「ほう、僕に、なんだろう」アマザワ先生は美和を見て微笑んだ。

「すいませんが、こいづに聞いてください。俺は買い物あるがら。四十分くらいしたらまだ来るんで、よろしくおねげえします」深々と頭を下げてから祖父は立ち上がる。

美和がびっくりして、「お祖父ちゃん」と叫んだとき、彼はもうすでに一人で玄関の方に向かっていた。アマザワ先生は笑って様子を見ている。美和はあわてて居住まいを正した。

「あの、これ家の押入れで見つけたんです。アマザワ先生、知ってますか」

アマザワ先生はひょいとその冊子を受け取ると、しばらく表紙を眺めてから、ぱらぱらと中をめくった。一見さりげない仕草だったが、不意に表情がきつくひきしまり、目つきが鋭くなったのに美和は気がついた。彼は表紙を片手に持って斉藤さんにも見せるようにしながら返してよこした。斉藤さんも小さくうなずいた。

「うん、知ってるみたいだ。子供の頃に読んだ覚えがある。でも残念ながら、それ以上のことはよく知らない」それからぐっと身をのりだしてきて尋ねた。「でもこんな昔の話を今喜んで読む人は少ないだろうね。美和さんは、この本を読んで興味を持ったの？」

「興味っていうか」言葉につまる。「なんだかミーコが他人じゃないような気がして」

「他人じゃない？」いかにも興味深いフレーズを耳にしたように彼はくりかえした。そして、ふーん、と言いながら人差し指で鼻の脇を軽く叩いた。何かを考えている様子だった。

「斉藤さん、確か冷蔵庫に息子のやつが送ってきた洋菓子があったでしょう。持ってきてくれませんか」

　はい、と斉藤さんが去ったのを見て、アマザワ先生はもう一度美和の顔をのぞきこんだ。眼鏡の向こうの色の薄い大きな眼。怖くはないがどぎまぎする。

「どうしてミーコが他人じゃなく感じられるんだろう。生活だって時代だってずいぶん違うでしょう」

「でもいっしょなの」

「いっしょ？」

「炎の中に人が立ってるの」

　その言葉を聞くと、アマザワ先生は驚愕したようにしばらく美和をじっと見つめていた。骨ばった細い指が、ピアニストが鍵盤を叩くように二、三度テーブルの縁ですばやく跳躍し、それから引き出しをまさぐって、よれよれになった外国タバコの箱を取り出した。つづいて、そういうこともあるのか、と呟きながらタバコを一本取り出したが、いや、子供の前ではやめておこう、と独り言を言ってまた箱の中に戻した。そして頭《こうべ》をたれて何かを考え込みはじめた。すっかり美和の存在を忘れてしまったようだった。美和は困って背後の書棚に視線をさまよわせた。日本語の本は半分くらい。あとはアルファベットの文字が背にならんでいる。ふと、Ｇｒａｉｌという文字が目に入った。グラール。どこかで聞いたことがある。

「そうだ、聖杯だ」美和は思わず口にした。

「ほう。美和さんは聖杯を知っているんだ」アマザワ先生が驚いたように顔をあげた。

「聖杯が出てくる本を読んだことがある」

「そう。僕はその聖杯物語が専門なんだよ。まあ、ヨーロッパの古伝承といったところかな。親父がね、もともと郷土の伝承を集めるのが趣味で、そこだけは僕も似てしまった」

「あの、じゃあ、神社でやる踊りみたいのも知ってますか。お神楽っていうの」考えるより前に言葉が口から出た。

「お神楽?」

「さっき見たの。神社で、人が見ている前で女の人が踊るんです」

「ははあ。七重神宮のかな。お神楽にもいろいろな種類があってね、元は何らかの物語を伴っているものなんだが、時がたってその意味がわからなくなってしまったのも多いんだ。それはどんなものだった? もしかして蛇のようなものも出てくる? 布でできた大きな蛇」

美和はもう一度自分が見たものを思い返してみた。「ああ、そういえばそう」

「じゃあそれはニウヅヒメのお神楽に違いない」

「ニウヅヒメ?」

「そう、丹生《にう》神社に祀られている。鉱山の守り神なんだ。ときに蛇身、ときに鳥の姿をとるともいう。つまりそのお神楽はニウヅヒメに捧げられているんだね」

「鉱山だけの神様がいるの?」

「そうだね。はるか昔は、山を掘って金属を取り出す技を持っているのはごく一部の人たちにすぎなかった。その人たちは里を離れて、山の中を移動しながら生活していたんだ。その人たちの守り神がいる。ニウヅヒメもそのひとつだ」

「じゃあその丹生神社って鉱山より古いの？」

「うん。古いかもしれないがはっきりとはわからない。岩下の鉱山もだいぶ昔からあったからね。『古事記』と『日本書紀』という本があって、だいたい日本の神様はそこに出てくるのだが、ニウヅヒメはその系統とも違うんだ。鉱山での安全を守ってくれる神。と同時に、怖ろしい神でもある」

「怖ろしい神って」

「もともとはヤマト系の人々によって滅ぼされた民族に由来する神だと言う者もいる。だから、執拗で執念深く、恨みを晴らす機会をじっとうかがっているのだと」

　不意に誰かが後ろに立っている気配がし、ふりかえると斉藤さんがお盆を持ったまま戸口に立っていた。心なしか顔が青ざめて見える。美和の視線に気づいて彼女は微笑んだ。

　菓子の皿を置くと彼女はまた姿を消した。アマザワ先生は先をつづける。

「ニウヅヒメにまつわる伝承のなかに、神が幼い子供を求めるというのがある。丹生神社の神事では、きれいに化粧した稚児《ちご》さんを、斧で打つ場面もある。実際丹生神社のすぐ近くに、稚児沼という池があって、そこに棲む大蛇に子供を捧げていたということになっている。まあ実際にそこで子供が溺れるといった事件があったんだろう。今ではその沼は埋め立てられてなくなったがね」

「稚児って子供のこと？　その神様は子供が死ぬことを求めているの」

「そうだね。ひどい話だが」先生はうなずいた。

「あと、池で水浴びをしているニウヅヒメの裸身を見てしまった男が、視力を失ってしまったという話もある。これも精錬と関係があるのだろうと言われている。古代の精錬法では、長いあいだ炉の中の高温の炎を見つめるので、目をやられてしまうことが多かったんだ。だからヒメは池や水と関わりがあるとともに、炎の神でもある。反対のものが結びつくのは神話の世界ではよくあることだけど」

「じゃあ、今でもニウヅヒメはいるの？」美和は掠れ声で尋ねた。夢の中の紅蓮の炎を思い出す。

「ヒメがいるか？　どういうこと」

「わたし、今でもその神様がいるような気がして仕方がないんです」

「そうだなあ。なんと言ったらいいんだろう」アマザワ先生は腕を組んだ。

「神様だから、いるとかいないとか言っても始まらないんじゃないだろうか。いるといないのあいだを漂っているのが神様だと思うよ。でも、いまどきそんな存在を気にかける者はまれだろうね」

　アマザワ先生は静かに答え、背後の書棚から一冊の赤い表紙の本を取り出した。

「そうだ、こんな考えもある。これは古代の中国の人の書いた本なんだが、こんなことが書いてあるんだ。無限の宇宙を風が吹いている。音もなく、目で見ることもできない風だ。だが、その風に触れたとき、初めて樹木はざわめき、木の葉は無数の音を立て始める。岩は鳴り、海は波立つ。夫《そ》れ大塊の噫気《あいき》、その名を風と為す。是れ唯作《おこ》る無し。作《おこ》れば則ち萬竅怒号《ばんきょうどごう》す。世界のあらゆるものが声をあげる。鳥たちは羽撃《はばた》き、獣たちは目覚める」

「どういうこと」美和は尋ねた。

「僕たちがこうして目で見、手で触れている世界を生み出しているのは、無の風だ、というんだね。そして人というのは、この風のなかで鳴る笛のようなものだ。あるものは叫ぶような鋭い音を立て、あるものは囁くような音色で鳴る。風につれて激しく鳴ることも、沈黙することもあるだろう。いずれにしても、自分というものは、実はこの風によってあらしめられている。それは、人も神も同じだ」

「ニウヅヒメもそうだということ？」

「そうだね。この世界の森羅万象が、ある意味ではひとつのものの現れかもしれないということだ。だが当人たちはそれに気づいていない。いずれにせよ、世界は無数の物音で満ちており、だからこそ美しい、ということじゃないかな」

そして、調子をかえるように「さあ、その洋梨のパイを食べて。息子の話では、よく雑誌なんかにも取り上げられる店のものらしい」と言った。二人が黙ったままパイを食べ終えると、アマザワ先生は美和の頭に軽く手を置いて言った。

「きみのお祖父さんは僕の友達だ。だから、美和さんのことも僕は友達だと思っている。

ずっと昔、僕の父親がきみくらいの年の女の子のことを心配していたことがあった。どうも身の危険が迫ってるんじゃないか、ということだった」

「どうして？　病気で？」

「説明するのが難しい」アマザワ先生は眉間にしわをよせた。「正直なところ、僕にも自信がない。父親は何とかその子を守りきったようだが、僕にも同じことができるかどうか。ただ、僕も耄碌《もうろく》しておかしなものが見えるようになった、ということかもしれないが、さっき美和さんが部屋に入ってきたとき、一緒に大きな黒い鳥が入ってきたような気がした。それが何を意味しているのかはわからない。だけど僕はなんだかぞっとした」

美和はびっくりして後ろをふりかえった。しかし、鳥などどこにも見当たらない。

「今、何ができるのか僕も考えてみよう。場合によっては、この町を離れた方がいいのかもしれない。美和さんも何か気になることがあったらいつでも来てほしい」

美和は何だかよくわからないなりにうなずいた。そのとき、表の戸が開いて、祖父が美和を呼ぶ声がした。

「あ、行かなくちゃ」と美和は立ち上がる。アマザワ先生はうなずいてから言った。

「おかしなことがあったら連絡するんだよ。いいかい。ニウヅヒメは水銀を司る神だ。そして水銀というのは美しく有用だが、猛毒でもある」

美和は首をかしげてたずねた。

「ねえ、どうしてわたしやミーコだったの？」

先生の目がじっと美和を見つめた。

「それはきっと、きみたちが見えない風を一杯に受けて一際強い音を響かせる笛だからだと思うよ」

美和が玄関に駆けていくと、美和ちゃん、と後ろから斉藤さんに呼び止められた。ふりかえると彼女はにこにこして、「少し髪ボサボサみたい。おばちゃんにちょっととかさせてくれないかな？」と言った。美和は急に恥ずかしくなった。ボサボサなのはもう何日も髪をとかしてないからだ。いつもは母親がブラッシングしてくれていたのだった。

斉藤さんは美和の髪にさっとブラシをかけながら、「まっすぐできれいな髪だね」と褒めた。そして「ねえ、おばちゃん、これあげたいの」とビー玉ほどの大きさのブルーの石のついた髪留めをさしだした。

「なにこれ。きれい」

「これはね、このへんで取れる石なの。よかったら使ってくれない」

「いいの？」

斉藤さんはうなずいた。そして美和の髪をまとめてそれで留めた。

「ほら、とってもよく似合う。じゃあ、お祖父ちゃんが待ってるから行かないと」

美和は嬉しくなって、ぴょこんと頭を下げると走り出した。

翌日、颯太をのぞく千秋たち四人は三樹雄からの連絡を受けて、映画館へ向かった。バスの窓から幻影座が見えてきたとき、千秋は思わず喉元に手をあてた。締め付けられた首筋には青黒い痕が残り、今でも唾を飲み込むと痛む。昨日、千秋は道路脇の空き地に倒れた。女が去ったときまず感じたのは、頬をさす草の匂いと、全身を包み込む気だるさだった。ふらふらする頭で立ち上がり、携帯で時間を確かめると、朦朧《もうろう》としていた時間はせいぜい数分だとわかった。見上げると日が暮れかけている。とにかくその場を離れようと歩き出した。

何だったのだろうか。警告だったということはわかっている。理屈ではなく、千秋は直感でそう思った。いよいよ危険な領域に踏みこんだのだ。空から襲いかかってくる羽撃きの音。

だとすれば、あの女が自分たちが捜している犯人なのだろうか。千秋は体の底から這い上がってくるような寒気を感じながら近づいてくる幻影座を一瞥《いちべつ》した。そうだ、これ以上美和や颯太、史生たちを巻き込むことはできない。チビたちを調査から外すよう紗江良に話しておこう。

建物の中に入ると、三樹雄はすでにロビーのソファで彼らを待ちかまえていた。

「見つけたよ。案の定映写室の棚で埃をかぶっていた。ご褒美に何をもらえるかな、紗江ちゃん」

それから美和の頬をさっと撫でると、「やあ、久しぶり」と笑った。

紗江良はそれを無視して近づく。千秋も一緒に三樹雄の足もとに積んである平べったい円形の缶を覗き込んだ。これにフィルムが入っているのだろうか。蓋に紙が貼ってあり、確かに「岩下キネマ倶楽部」の文字が見える。

「昭和二十六年」千秋はその下に書いてある文字を読み上げた。

「一九五一年だね」と三樹雄。

「これ見ることできる？」

「そうだな。大丈夫だと思う。今、映写室に持っていってかけてみよう」

「へえ、三樹雄ちゃんって映画を上映することもできるの？　すごい」史生は素直に感心している。

「ここの親父さんに仕込まれたんだよ。ずっと人手不足だったからね」

「三樹雄ちゃんの家は、この町一番のお金もちなんだよ」史生は千秋たちに向かって説明し始めた。

「駅前のホテルとかスーパーとかみんな三樹雄ちゃんの家の持ち物なの。この町の半分は三樹雄ちゃんちのもんじゃないの？」

「まさか」三樹雄は苦笑する。「ホテルもスーパーもさっぱり赤字で大変らしいよ。あんなものさっさと処分して、借金返しちゃった方がよっぽどすっきりするって家族は言ってる」

「ワクワクタウンはどう？　あそこは繁盛してるじゃない」紗江良がどこか意地悪く言っ

た。

「だってあそこは東京の大資本だよ。うちとは関係ないさ」

「本当？　だけどあの土地は大間知家のものだと聞いたことあるよ。それに商売だけじゃないよ。県会議員も、国会議員の後援会長も大間知の人じゃない。この町じゃ大間知抜きには何も決まらないってみんな言ってる」

「まったく、この町の人は噂が大好きだからなあ。誰もが口を開けば大間知が何を言った、大間知が何をした、だ。この前もそれで仕事を辞めさせられた親戚がいたよ。学校の教師だったんだが、どうも性的に奔放すぎると評判になったらしい。彼女が大間知の人間じゃなかったら、それほど話題になったか僕には疑問だね。とはいうものの」三樹雄の目に皮肉な光が浮かんだ。「大間知家に淫蕩《いんとう》の血が流れているのも確かなことのようだがね」

「せいぜい三樹雄さんはお行儀よくしているのね」紗江良が意地悪く言った。

「紗江ちゃんにはまったくかなわないなあ」三樹雄はおどけて頭をかいた。明らかに、紗江良の悪意に気がついてそれを楽しんでいる。「ところがその七重町のゴッドファーザーたる父親が、唯島医院の院長先生には頭があがらないっていうんだからね。そもそもは高校剣道部の先輩と後輩で、今でも血糖値がどうだ、血圧がどうだと叱られっぱなしらしい。まあ僕がこうして紗江ちゃんたちにいじめられるのも、親子の因縁なんだとあきらめるよ」

この町の人たちはみな、こうした地下茎のようなネットワークでつながっているのだろうか、と千秋は思う。特に、裕福であればあるほどそうなのかもしれない。彼らはみな知り合いや親戚や幼馴染であって、自分たちの仲間内だけで、いがみあったり競争しあったり獲物を分け合ったりしているのだ。

「ねえ、早くフィルムの中身を見たいの。できる？」

「はい、はい。仰せの通りに。きみたちは客席に入っていて」

三樹雄はそう言って階段を上っていった。明かりのついていない暗い座席に腰を下ろすと、隣で紗江良と史生が囁きあっているのが聞こえる。

「お姉ちゃんって三樹雄ちゃんにはなんかきついよねえ」

「そんなことないよ」

「絶対そうだって」

「うるさいなあ、もう」

背後から、「じゃあ、順々にフィルムかけていくから」という声がかかる。ふりかえると、後ろの壁にあいた小窓の中だけうっすら明るくなっていた。

すぐにスクリーンに光があたって映画が始まる。粒子の粗いちらちらした白黒画面だったが、『生まれ変わった岩下鉱山』というタイトルははっきりと見て取れた。昔のニュース映像などと同質の甲高い声のナレーターが、「米軍から返還されて一年、岩下鉱山は新しい発展の夜明けを迎えています」とやけに滑舌のよい発音で喋っている。画面には次々に、鉱夫がドリルのような機械を使って岩を打ち砕いている様子や、その石屑のようなものを満載したトロッコや、岩に開けられた穴にさしこまれるダイナマイトといったものが映し出された。そしてそのあいだナレーターは、アメリカから提供された機械類によってどれほど生産量が増え、安全性が高まったかといったことを繰り返していた。そうこうするうちに、「新生日本の復興のために一丸となって働きましょう」というナレーションで締めくくられてあっけなく映画は終わってしまった。全部で三分くらいだった。だが間髪をいれずに次のフィルムがはじまる。今度は、『鉱山のおんなたち』という題名で、選鉱場や洗い場や、その他もう千秋にはよくわからない鉱山のいろいろな場所で働く女たちについてのフィルムだった。彼女たちは例外なくひっつめ髪にして丸っこい額を剝き出しにし、筋肉のみっしりついた頑健そうな体を使って働いていた。笑うとそこだけ白い歯が浅黒い肌の中でよく目立った。彼女たちは笑っていなければ、真剣な顔で手や足を動かしていた。それは千秋が普段知っている日本人の姿とは違うもののように思われたが、それも二、三分で終わってしまった。

「これはミーコの日記に出てきた映画とは関係ない気がする」千秋は紗江良に囁いた。日記のなかで、ミーコは映画を見て気持ちが悪くなって吐いたと書いている。しかし、今見た二本の映画で胸を悪くするものはない。三本目は、『山の歳時記』という名前で、四季それぞれの風物を追っていた。溶けかけた雪の下から顔を出す可憐な花々や野を染める緑、秋の紅葉や谷と峰を埋め尽くす雪は美しかったが、これもまたミーコと何のかかわりもないフィルムであることは明らかだった。

明かりがついたあと、千秋たちは顔を見合わせた。

「考えてみれば、日記のなかに岩下キネマ倶楽部という名前が出てきたわけじゃないんだよね」紗江良がため息をつきながら言う。確かにその通りだった。岩下鉱山で作られた映画があるというだけで、それが日記のなかのフィルムだと思い込んでしまったのだ。だとしたら、フィルムの線をたどること自体が間違いだったのか。

映写室から三樹雄が帰ってきたが、千秋たちは落胆の表情を隠せなかった。三樹雄に礼を言って立ち上がる。もう帰るしかないと思うと、何だか急に疲れたような気がする。三樹雄が少しためらうように言った。

「実はもうひとつ古いフィルムを見つけたんだが見てみるかい？　今見たのと同じ棚に放り出されていたんだが、そちらには岩下キネマ倶楽部の文字はないんだ」

千秋は紗江良の顔を見た。紗江良は、もういいんじゃないかという顔をしている。しかし、千秋はもう少し見てみたかった。「すみません、お願いします」と言うと、三樹雄はすぐさま映写室に引き返して行った。

再び暗くなった客席に身を沈めてフィルムが始まるのを待つ。不意にスクリーンが輝きだした。ノイズの多い映像を予想していた千秋は、これまでとは違うねっとりと細やかな質感におどろいた。最初それは、幾何学的な曲線を持った影のようにしか見えなかった。カメラが徐々に下がっていくにつれ、閉じられた人間のまぶただとわかった。音声はついていなかった。カメラは少年の寝顔を映していた。カメラは少年の体を撫でるように下りていき首筋からはだけた胸もとを映し出した。そこには大きな傷口があった。白黒なので当然色はなかったが千秋には桃色の肉の裂け目が見えるような気がした。その傷口から何かが這い出てくる。ゆっくりともがきながら肉と肉の隙間から自分の体を押し出してくる。蝶だった。蝶は着物の襟をつたって登っていき、襟元で一瞬動きを止めると、すぐさま翅《はね》をひらめかせて飛び立った。また一匹新しい蝶が這い出してくる。まったく同じことの繰り返しだった。傷口から次々に蝶が湧いてくるのだ。まるで体内に蝶の卵が産み付けられでもしたかのようだった。少年の顔がアップになった。少年ははっと目をさますとあわてて部屋のガラス窓に駆け寄った。ガラス越しに外を見下ろす少年。下の白っぽい通りをやはり同じ少年が歩いている。彼は今度は白いシャツと半ズボンを穿《は》いていた。サスペンダーもついていてどこかの有名お坊ちゃん学校の生徒のような格好だった。彼の背中にべっとりと黒い油のようなものがついている。機械油か重油かその類《たぐい》のものだ。しかし少年は何も気がつかないように歩きつづけた。シャツの背中の染みが徐々に大きくなる。その染みがどんどん広がっていって、背中のすべてを覆ったかと思う瞬間、再び握りこぶしくらいの大きさに縮まり、またじわじわと広がりはじめるのだった。それが三回くりかえされた。千秋はなぜかその光景を見ていると気分が悪くなり胸の奥でざわざわと不快感が高まっていくのをこらえていた。少年は大きな井戸のへりにいた。四角い形の奇妙な井戸で内部もコンクリートで固められている。少年はその縁に腕をもたせて内側を覗き込んだ。井戸の底からの上から見下ろす少年の姿をとらえたショット。逆光のために少年ははさみで切り抜いたような黒い影になっていた。次のカットでは少年のいたところに同じ年格好の少女が立っていた。少女も井戸に首をのばし再び井戸の底からの少女のシルエットがとらえられた。画面はまた井戸を覗き込む少年の姿に戻ったが、彼は突然頭から井戸の中に落ちてしまった。それは石ころでも落とすようなあまりにもあっけない落ち方だった。次に少女が同じ行為をくりかえした。それは何かの冗談かギャグのようだった。千秋は前にテレビで見たサイレントの喜劇映画を思い出した。サイレントの喜劇映画では人の動作が早回しのように見える。そして彼らは疾走する車にはねられたり機関車に追いかけられたり高い崖から落ちたりするけれど実際に血が流れて登場人物が怪我をするということはない。そんな感じで少年たちはするっと井戸の中に呑み込まれていくのだった。だから今度はフィルムを逆回転したようにいつでもするっと井戸から出てきそうだった。千秋はそれを期待したがすぐに次のカットにかわったので失望した。次の場面は薄暗い日本家屋の中のようなところで女たちが歩き回っているところだった。女たちはみな年寄りから若い者まで白い着物を着て長い髪をほどいていた。そして雨が降っていた。家の中なのに画面一面に雨が降っているのだった。女たちはその雨の中を何か踊るような手つきをして歩き回っていた。何かを唱えてもいるようだったがもちろん音がないのでわからなかった。女たちの向こうに黒々と光る太い柱や障子の桟のようなものが見えたが女たちが歩き続けていることと白っぽい雨のためにはっきりとは見えなかった。千秋はあいかわらず不快で不安だったが、同時にこの映像をどこかで見たことがあるような気がした。しかし映像としても現実としてもこんなものを見る機会があるはずはなかった。とすると夢の中で見たのだろうか。あるいは反対に自分はこれからこの光景を夢に見るのだろうか。夢でもこんなものを見るのは嫌だった。けれど映像は確実に自分の中に入ってくる。自分の中のものが外に引き出された隙間を埋めるように映像が眼を通して自分の体の中に入ってくる。それは河の下流で淡水が海水と混ざり合うように自然なことに思えた。女たちの輪の中央にいた老女が叫び声をあげて髪をふりみだすと他の女たちは一斉に倒れて床に伏した。まだ何人かの女たちは太鼓を叩き笛を吹き細く切った布切れのようなものを振っていたけれどほとんどの者は床に体をつけて動かずにいた。気がつけば画面は、床に座って何かを叫んでいる男たちにかわっていた。十数人いる男たちのほとんどが腕か足かのいずれかがなかった。彼らは途中で切断され丸太かハムのようになっている腕を高く上げて何かを叫んだ。彼らの腕は思い切り上げても自分の頭くらいの高さまでしかいかなかった。それでも彼らは次々に両手をあげ、さもなければ両足をふるわせて何かに抗議していた。彼らはどんどん興奮していきそのために眼が裏返ってしまい白目しか見えないものもいた。千秋はあいかわらずこれは自分の見た夢であり、あるいはこれから見る夢なのだと考えていた。だからこれはぼくが見たことなのだ。そうこれはぼくが見たことだからつまりきみが見たことだよ。耳元でそんな声が聞こえた気がした。むろん本当に聞こえたわけではなかったのだがあまりにリアルで聞こえたのとほとんどかわりがなかった。きみが見たことはぼくが見たこと。これは誰の声だろうと千秋は考えた。ミーコに映画を見せたミサオちゃんだろうか。ミサオちゃんもミーコに同じように囁いたのだろうか。そうこれはぼくが見たことだからやはりきみが見たこと。声は同じ言葉をくりかえしていた。ぼくが見たことだからやはりきみが見たこと。画面では軍服を着た男が先ほどの腕のない男たちの一人と向かい合っていた。軍服の男の方が若く腕のない男の方が年をとっていた。何か大声で叫ぶ軍服の男の正面からの顔がアップになったが口が大きく開かれているのに何も声が聞こえてこないのが不気味だった。男は口を大きく開け白い歯と暗い洞窟のようなのどを画面にさらしたまま手に持った銃の先についた剣で腕のない男の腹を刺した。銃の先についた剣は布団でも刺すようにスムーズに男の腹のなかに消えた。今度は足のない男の番だった。足のない男は地面に尻をついたまま手だけを使ってあわてて逃げようとしたが逃げ切れず体をひねったところを脇腹から剣を刺されて倒れた。白い服を着た女も両手を合わせて拝んでいるところを腹を刺されて地面にうつ伏せた。何人もの人間がそうして軍服を着た男に剣で刺されたが容易には死なずいつまでものたうちまわったりもがいたり土に爪をたてたりしているので千秋にはその場面が耐え難いほど長く感じられた。画面がまたかわった。最初の少年が部屋の中に座っていた。さっきはカメラが近かったために映らなかった部屋の中の様子が見えてそこが洋風の家であることがわかった。ベッドとデスクと背の低いテーブルがありテーブルの上に一列に並べられたマッチとマッチ箱と虫かごがあった。少年はマッチ箱を口にくわえるとマッチ棒を持って片手でかごから一匹の蝶をとりだした。彼は蝶の翅の付け根の部分を慎重に指先でつまむとマッチを擦った。一本目はすぐ消えてしまい二本目もだめだったが三本目でようやく火がつくと蝶の翅をその火に近づけた。蝶の翅は燃え上がりぱたぱたと飛びかけてすぐに床の上に落ちた。カメラはその蝶に近づいた。翅は焼け落ちて醜い胴体だけが脈打つようにぴくぴくと震えていた。千秋はその様子を見て不愉快になった。さっきから冷や汗が背筋や脇の下を伝っているのも気持ちが悪かった。いつまでもこんなものを見ていると胸が悪くなり動悸が激しくなるばかりか頭の調子までおかしくなって自分が誰なのかもよくわからなくなってくると思った。画面は一番最初の窓際から外を眺める少年の姿に戻った。少年が見下ろす白っぽい道をさっき井戸に落ちた少女が歩いていた。今度は少女の背中に油の染みはついておらず途中で少女がふりかえるとガラス窓の中にいるのは少年ではなく少女だった。少女が道を歩いていくとやがて同じ井戸に行き当たり井戸の手前には手足のない男たちが折り重なって倒れていた。それから赤ん坊がいた。赤ん坊は白っぽい布にくるまれて地面に投げ出されて泣いていた。軍服を着た男が赤ん坊を抱き上げあやすのかと思ったら一瞬あっと驚く少女の顔がインサートされ男はそのまま荷物を投げ出すように赤ん坊を井戸の中へ放り込んでしまった。男の態度は冷静そのもので投げ出すしぐさにもまったくためらいがなかった。画面はまた窓際から下を見下ろす少年を映し出した。少年はガラス窓の向こうの誰かに見せつけるように着物を脱ぎ全裸になった。彼は前に傷のあった胸のあたりを指でなぞった。今はそこには滑らかな白い皮膚があるばかりだった。少年はいつのまにか水辺に立っており背後には寒々しい水面が広がっていた。少年とすれ違うように幼い子供を抱えた若い女が通り過ぎた。両腕の子供はすでに死んでいるようで女は激しく泣き叫びながら裸足で水辺を歩いているのだった。悲しみのあまり頭がおかしくなってしまったのか女はその格好で水のなかに入っていきその様子をじっと見つめている少年の眼球にカメラは近づいていって画面が暗くなり最後に監督脚本大間知祐人、脚本助手設楽節という文字が出てフィルムは終わった。

六、秘密の約束

翌日、千秋はまた図書館にいた。

カウンターに大判の書籍が運ばれてきたのを見て千秋は腰をあげた。司書が、一九五三年の七月八月九月の三ヶ月でいいんですね、と確認する。千秋は、「あと一九七五年の十一月もお願いします」と頭を下げた。綴じられた新聞は、紺色の布で装丁されている。本の天の部分に分厚い埃がたまっている。

持ち上げてみると予想以上に重かった。千秋は閲覧席まで行って、うっかり破ってしまわないよう、ていねいに黄色くなった紙を一枚一枚めくっていった。

まず七月十九日。光子の手記ではヨーコの死体が発見された日だ。まだ、記事になっていないのかその日は何もなく、かわりに翌日の社会面で大きな見出しになっていた。千秋は要点を書きとめていく。被害者は木場洋子《きばようこ》（十歳）、前々日から行方不明になり、二日後の朝、発見される。水死。その後も一日一日、目を通していったが、捜査は難航しているようで、これといった記事はなかった。つづいて八月の新聞に移る。第二の犯行が見つかったのは二十一日だった。金梨花《きんりか》（九歳）という鉱夫の娘が、川に遊びに行くと言ったまま帰らず、五日後に川原の藪の中で発見。死後およそ三日から四日。最後に川原の石に腰掛けて水辺を眺めているのを目撃されている。そして最後は九月十四日。文房具店の娘下田由美《しもだゆみ》（十一歳）が行方不明。もうこの頃には相次ぐ殺害事件に鉱山町はパニックになっていたらしく、町から遊ぶ子供たちの姿が消えたとある。由美の両親も娘が外には行かないよう気をつけていたのに、朝になってみると寝室は空っぽで、そのまま彼女は消えてしまったのだった。記事はまた、赤い服を着た女から声をかけられたという数人の児童の目撃証言についても触れていた。その女はこのあたりではあまり見られない都会風の格好をしていたという。警察はこの情報にも留意しながら捜査を進めていくと声明していた。

もうひとつ、千秋の関心をひいたのは、文化面にあった一枚の写真だった。「岩下キネマ倶楽部の面々」とキャプションがついている。若い男が五人、洒落《しゃれ》たスーツ姿でポーズをとっており、その後ろに一人だけチャイナドレスの女が立っていた。記事は、岩下鉱業内に作られた映画サークルであるキネマ倶楽部の簡単な紹介だった。記事の三分の二以上が大間知祐人《すけひと》にあてられ、彼が「三十二歳にして専務」「今後の岩下鉱業を背負って立つ存在」でありながら、映画に関しては「筋金入りのマニヤ」で「ドイツ留学時代はウーファにも知己を得て」「ファンク監督やリーフェンシュタール監督とも懇意」であったといったことが書いてあった。千秋はもう一度写真を眺めなおした。おそらく中央で籐椅子に座っている薄い口ひげのある男が大間知祐人なのだろう。どこかのっぺりとした印象を与える美男だったが、秀でた額の下の怜悧《れいり》な光をたたえた眼差しが印象的だった。他の四人も岩下鉱業の職員なのだろうか。昨日三樹雄から聞いた大間知祐人の話を思い出す。三樹雄の祖父の兄にあたる祐人は、岩下鉱業の戦後の混乱期を支えた辣腕《らつわん》幹部として今でも大間知家では尊敬されているらしい。社長の椅子はまちがいなしと言われていたが、三十代で病没してしまった。「しかしこんな映画を撮っていたとは思いもよらなかった。まあシュールレアリスム風の前衛映画だよね。あちらでそういうものに触れる機会があったのかもしれない」と三樹雄は言っていたが、「あちら」というのは留学先のドイツのことなのだろう。この一番背後にいる女は誰だろう。彼女はまだ十代のように見え、女優と言われても納得するほど美しかった。粒子の粗いモノクロ写真でもわかるほど色が白く、小さな唇やすっきりした鼻など、卵形の顔立ちもいかにも可憐だったが、鋭利なノミでえぐったような切れ長の眼だけは妖艶な光を放っているように思われた。同時にそれでいて人形めいたぎこちなさもある。それはいかにもエリートサラリーマンといった風に自足した男たちのあいだにいることから来るものなのかもしれなかったが、ただ手だけは馴れ馴れしく大間知祐人の肩にかけられていて、奇妙な親しさを感じさせた。ふとその顔をどこかで見たことがあるような気がした。考えれば考えるほど、最近同じ顔を見たことは確かなように思えるのだが、それがいつのことなのかどうしても思い出せないのだった。

　あきらめて一九七五年の新聞の方にとりかかった。こちらは新聞紙を綴じただけの五〇年代のものと違って、索引のついた縮刷版だったので事件を探し出すのは容易だった。それは十一月の八日に起きている。岩下新町を訪れていたカップルが使われなくなった坑道の近くに少女の遺体が投げ出されているのを発見する。五日前から捜索されていた七重町で姿を消した川崎舞《かわさきまい》（十歳）という女の子だった。カップルは、もともと岩下新町の生まれで、婚約したことを機に生まれ故郷を再訪したところだった。どうやらこの時点で、岩下新町はほぼ無人の町になっていたらしかった。いずれにせよ、少女は七重町でさらわれ、生きたままか遺体でかはわからないが、わざわざ岩下新町まで運ばれたということになる。さらに不気味なのは、その前夜、岩下新町に向かう道路を、ずだ袋のようなものを引きずって裸足で歩いていく女の姿が目撃されていることだ。その袋の中に遺体が入っていたということなのだろうか。実際、川崎舞の身体には長いあいだ引きずられたような跡があちこちに残っていたという。千秋は狂った女の姿を想像して慄然とした。

この事件には興味深い続報があった。三日後、川崎舞がさらわれるのを目撃したという男児が見つかったのだ。六歳の彼もまた女の人がやってきて舞ちゃんを連れて行ったと証言していた。そのあとの頁もめくってみたが、警察は鋭意捜査中といった内容が、二、三日ごとに現れては一回ごとに面積を小さくしていった。

さしあたり関係のありそうな記事はこれだけだった。確かにこれらの事件には共通点が多い。しかしながら、どれももう何十年も前のできごとだった。これが果たして現在の事件とつながるのかどうか。千秋はあらためて不安に思った。

もうそろそろ紗江良との待ち合わせの場所に行かなければならない。午後は二人で落ち合って、日系ブラジル人に教えられたマンションに行ってみることになっていた。帰り支度をして図書館から出ると、建物の前の緑地で、ボール遊びをしている親子連れに目がとまった。十くらいの男の子と七つくらいの女の子が、父親が投げるボールを歓声をあげながら追いかけていく。母親は木陰に座って、彼らの様子を笑いながら眺めていた。

自分たち家族にもあんな時代があったのだ、と千秋は思う。いつから両親のあいだに隙間風が吹くようになったのだろう。父親が転職して家計が苦しくなった頃からだろうか。母親がさんざん入れ込んでいた、私立中学の受験に千秋が失敗したときからだろうか。

夫婦の亀裂は、そのまま親と子との齟齬《そご》にもつながっていた。

携帯が鳴った。液晶の画面表示を見てとっさに警戒したのは、普段は電話をかけてきたことなどない父からだったたからだ。

「もしもし」と硬い声で言うと、向こうでふっと息がほどける気配がした。

「どうだ、元気か。その後何もかわりはないか」作ったような声で父は言う。

今さら何を、と千秋は思う。何もかわりがないどころではなかったが、そんなことをどうやって説明したらいいのだろう。

「うん、何も」千秋は答えた。

「そうか」と父は呟き、それから不意に早口で言った。「もしも父さんと母さんが離婚するとしたら千秋はどうする?」

「どうするって」千秋は絶句した。

「父さんのところに来るか、母さんのところに来るか考えなければいけないだろう」

「そんな、いきなり言われたって」思わず語調が強くなる。

「そうだよな」父は申し訳なさそうに言った。

「すぐには決められないよな。いいんだ。まだはっきり決まったわけじゃないんだから」

それから付け加えるように言った。

「ずっとそっちへやりっぱなしで悪いな。父さんも余裕ができたら一度くらい顔を出したいんだが」

「来なくていいよ」千秋はとっさにそう答えてから後悔した。だが父親に会っても、いい顔はできないだろう。

「じゃあ、もう切るから」千秋がそう言いかけたのを、父親はちょっと待ってくれと止めた。

「今回のこと、済まないと思ってる」

「僕とは関係ないから」そう言って電話を切った。

千秋は突然、自分が炎天下の路上に佇んでいることに気がついた。街路樹からはシャワーのように蟬の声が降り注ぎ、皮膚には痛いほどの日差しが照りつけていたが、不意に日の光が色褪せたように、どこまでも暗い気持ちに落ち込んでいくのを抑えることができなかった。

日が高くなっても、美和は畳の上に寝そべったまま天井の木目模様を眺めていた。昨日、あの奇妙な映画を見て以来、風に騒ぐ草原のように胸の奥がざわざわしてたまらない。あれはいったい何だったのだろう。見ているうちに息が苦しくなってくる映画だった。幾つもの死、幾つもの視線、少年と少女、くりかえされる同じ場面。

美和は跳ね起きた。アマザワ先生のところへ行けば何かわかるかもしれないと思ったのだ。あの先生ならきっと知っている。このざわざわを鎮めてくれる何かを。

美和は縁側に放り出してあったサンダルをつっかけて家を出た。これまで、通りかかると必ず吠えてきた角の家の犬があまり吠えなくなった。少しこの町に馴染んできたのかもと思う。坂を下り、川を渡る。日を受けて水面がきらきらしている。

アマザワ先生の家の玄関のチャイムは壊れていて、鳴らしても少しも音がしない。そっと引き戸を開けて中に入る。廊下の奥から見知らぬ男が顔を出す。半袖の白衣を着ている。

「あのう、アマザワ先生は…」

「きみ、誰？　先生のご家族の方じゃないよね」

「先生、どうかしたんですか」

「昨日の夜倒れられたんだが、あ、駄目だよ、勝手に上がっちゃ」

しかしそのとき美和はもう廊下の奥に駆け込んでいた。先生は寝室と思《おぼ》しき部屋のベッドの上に臥《ふ》せっていた。周囲の書棚には本がずらりと並んでいる。先生は寝そべったまま、目だけを動かして美和を見た。もう体を動かすこともできないのだろうか。

「ちょっと、困るじゃないか。面会謝絶なんだよ」どうやら介護士らしい先程の男は美和を部屋の外へ押し出そうとする。だが、アマザワ先生が口を開いて何かを言った。男は耳を近づけてしばらくその言葉を聞いていたが、やがて不承不承、「三分だけだよ。心臓に負担をかけちゃいけないんだからね」と言いおいて、部屋を出ていった。

美和は先生の枕元に近づき跪《ひざまず》いた。わずかなあいだに、先生は一回りも二回りも縮んだように見えた。額に、乱れた白い髪の毛がはりついている。

「先生、わたし、映画を見たの。たぶんミーコも見た映画。怖かった。ミーコの気持ちがわかった」

美和は自分の声が震えるのを抑えることができなかった。先生は身じろぎもしなかったが、かすかに目の下の皮膚が紅潮した。

先生は緩慢に唇を開いた。舌だけが別の生き物のように動き、唇の端に白い泡がたまったが、何を言おうとしているのかはわからなかった。美和は必死になって何か意味のある言葉を聞き取ろうとした。やがて、イ、ア、タという音が聞き分けられた。

「岩下ね。岩下新町に行けというの」

先生はかすかにうなずいた。

「そこに秘密を解く鍵があるのね」

先生の口がまた開いた。美和はあわてて耳を寄せる。シシャタチノトコロ。

「え、何？　どういうこと」

チカノホノオノナカノシシャタチ。

「先生、わからない」

美和がそう尋ねるのと同時に、外から戻ってきた介護士が「さあ、時間だ」と言いながら美和の肩をつかんで部屋から押し出した。美和が最後に見たのは、何かを懇願《こんがん》するかのようにこちらをじっと見つめているアマザワ先生の姿だった。

ジュリオという男のいるはずのマンションは、町のはずれの県道沿いにあった。千秋と紗江良は道路際に立ち、電線越しに建物を見上げた。築二十年というところだろうか。ベージュのモルタルの側壁に、細かい罅が無数に走った、変哲もない建物だった。

「本当に行くの？」千秋は聞いた。

「あたりまえじゃない。どうしたの。やる気ないなあ」先ほどの父からの電話以来、千秋はずっと気分が晴れないままでいる。

しかしすぐに行き詰まった。ジュリオの部屋がどこだかわからないのだ。何か住人の手がかりはないかとエントランスをうろうろしたものの、郵便受けに外国人らしい名前は見当たらず、かといって一部屋一部屋訪ねてまわるわけにもいかない。

「もう一度千秋が会ったという日系ブラジル人に聞いてみるしかないのかなあ」

「うまく会えるかどうか。この前は偶然だったんだ」

二人は道路に戻ってコーラを飲みながらそう言いあった。

「ちょっと待って」

不意に紗江良がペットボトルから口を離して視線で合図する。通りの向かいをカップルが歩いていく。サングラスにキャップをかぶった女とタンクトップ姿の男だった。男は二十代後半だろうか。肌が浅黒く、どことなく外国の血が混じっている感じがする。

「きっとあの人だよ」

カップルがマンションに入っていくのを見届けて千秋たちはあわててあとを追った。ちょうど女が郵便受けを確認してからエレベーターに乗るところだった。男は中で女を待っている。千秋たちはエレベーターの扉が閉まるのを待って、郵便受けの部屋番号を見た。三〇八だった。

「さあ、行こう」

階段を上り、部屋の前まで行く。チャイムを鳴らすと、しばらく間をおいて「誰」と扉の向こうから女の声がした。

「ジュリオさんという方を捜しているんです。そちらにいらっしゃいませんか」

覗き窓からうかがっている気配がする。がちゃがちゃとわざわざチェーンを嵌めなおす音がして、急に扉が開いた。

「何？」

扉の隙間から、シュミーズ姿の女がこちらを睨んでいる。日本人のようだ。千秋を押しのけて紗江良が前に出る。

「ジュリオさんの妹のマリアさんのことで少し話を聞きたいんです」

「マリア？」女の表情が警戒でさっと曇る。それでもふりかえって室内に声をかけた。

「ジュリオ。マリアのことで話を聞きたいって誰か来てるけど」

女の後ろから男が顔を出した。小柄ながら肉体労働で鍛えあげたらしいがっちりした体《たい》躯《く》の持ち主で、犬の眼のような大きく憂鬱《ゆううつ》そうな眼差しでじっと二人を見る。

「アナタたち、なぜマリアのこと聞く？」

「開けてくれたら説明します。少し話を聞くだけでいいんです」

「ちょっと待って。今チェーン外すから」女が言った。

千秋たちが中に入ると、女はストライプのシャツを身につけて腕を組んでいた。男は不機嫌な顔つきのまま、リビングの床にあぐらをかいている。衣服やクッションのちらかった乱雑な部屋だった。女は少し離れたダイニングの椅子に乱暴に腰掛けた。

「で、何のつもりなの？　馬鹿なこと言い出したら承知しないから」と彼女が言った。

千秋たちは簡単に自己紹介したあと、できたらマリアさんがいなくなった状況を教えてほしいと切り出した。

「どうして」女が聞く。ジュリオはぷいと横を向いた。改めて見るとようやく二十歳《はたち》を超えるか超えないかの年齢で、きかん気の子供がそのまま大きくなったような丸顔をしている。

「さらわれたのはマリアさんだけじゃないんです。ほかにもいなくなった女の子がいます。数日前に龍ヶ淵というところで――」そこで紗江良は一瞬言いよどんだ。娘が死んでいたということを言い出しかねたのだろう。

「知っている。ニュースで見たから。九歳の子が水死体で発見された件でしょ」女が引き取った。「でもそれがあんたたちとどういう関係があるの」

「わたしたち、その子の第一発見者なんです。きっとマリアさんの事件とも関係があると思います」

女はさすがに驚いたようだったが、不信感の鎧《よろい》は崩れない。

「どうしてわかるの。そんなこと」

「だって、こんな小さな町で誘拐事件が相次ぐなんておかしいじゃないですか。マリアさんの事件について知れば、今回の事件ももっと理解できると思うんです」

「そうかしらね」女は疑わしげに言うが、紗江良は気づかない。

「それに、わたしたち、ずっと昔にもよく似た事件が繰り返されていたことに気づいたんです」

「よく似た事件？」女は眉をひそめた。驚いている、という感じでもない。

「どういうことかわからないけれど、きっと今回の事件とも関わりがあります。それを突き止めたいんです」

「なんで？」女は投げ出すように聞いた。

「え」

「なんであんたがそんなことしなくちゃいけないの」

「だって、事件が解決しなければもう安心してこの町で暮らすことができないじゃないですか」

「何を今さら。マリアがいなくなったときは誰も騒がなかったくせに」女はせせら笑う。

紗江良は一瞬つまったものの、「だって、知らなかったんです」と反論した。しかしその言葉は、すぐに不意に叫びだしたジュリオの言葉に遮られた。

「知らなかった？　どうして知らなかったの。知りたくなかったからじゃないの。ワタシ、いろんな人に言った。会社の人に言った。上司に相談した。みんなしばらく待てと言った。関わりたくないと言った。そのうちヤクザも来た。金払えば、捜してやると言った。そんな金、あるわけないよ。どうすればいいの。わからないよ。オマエ、誰？　子供じゃないの？　子供にナニができるの？　どうして警察じゃない？　どうして子供が来るの？　おかしいよ。みんなおかしいよ。警察が捜すべきでしょ。バカにしてるよ」憤激のために顔が歪んでいる。

「ジュリオ、やめなさい」女が叱りつける。

それでもジュリオは憤怒の表情で紗江良ににじりよる。割って入ろうとした千秋はジュリオに強く突き飛ばされて板張りの床に倒れた。「ジュリオ」と叫んで女が後ろから男にしがみつく。ジュリオ自身、どこか呆然とした様子で仁王立ちになっていた。

「あんたたち、外に出て。後から行くから」女が甲高い声で叫び、千秋たちはあわてて部屋から退出した。外の通路で待っていると、紗江良が黙ってティッシュをさしだした。鼻の下を拭えと身振りで言う。血がついていた。鼻血だった。

扉越しに部屋の中でジュリオがまだ何か怒鳴り続けているのが聞こえる。いつのまにか外国語にかわっているので、内容まではわからなかった。その声にからみつくように女が低音で彼をなだめていた。やがてジュリオの声は啜り泣きにかわった。

五分ほど待っただろうか、扉が開き、疲れた表情の女が出てくる。

「さっきはごめんなさい」と頭を下げた。

「マリアの話になると興奮してしまうのよ。ここじゃ何だから、この先の公園に行きましょう」

その公園は古い住宅地の中にあった。ブランコやすべり台がぽつりぽつりと置いてあり、そのあいだに塗装の剝げかけたカバやキリンがうずくまっている。ありふれた子供の遊び場だった。

女は木製のベンチに腰掛けると、小さくため息をついた。

「ここが最後にマリアが目撃された場所なのよ」

女の言葉に、千秋は思わず周囲を見まわした。

「あとマリアはジュリオの妹じゃない。彼の兄の娘よ。つまりジュリオにとっては姪《めい》」

「そうだったんですか。妹だと聞いていたものだから」

「でも一緒に暮らしていたから、妹みたいなものではあったでしょうね。兄夫婦とマリアとジュリオはこの近くのアパートに住んでいたの。兄は自動車部品の工場に勤め、ジュリオは工務店で働いていた。でも滞在許可が切れちゃってね、そのとき娘が行方不明になった」

「捜索願は出したんですか」千秋は尋ねる。

「兄夫婦は収監されるのを承知で出しに行ったわ。実際に警察が動いたのかどうかは知らない。兄夫婦はそのまま捕まって強制送還。それを知ってジュリオだけアパートから逃げてきたの」

「ひどい話ですね」

「それでも彼はマリアがいなくなった夕方になると、毎日この公園に来ていたの。宿は友達のところを転々としていたらしいけどね。最初は、ここで遊んでいる子供たちにマリアを見なかったか、と声をかけていたんだけど、おかしな外国人がいるって噂になって子供も来なくなった。それでも彼は何時間もここでじっとしていたわ。ちょうどこのベンチでね。わたしはそれを見て不思議に思っていたから、つい声をかけたの」

　女はそこで言葉を切ると、シガレットケースから細身のタバコを取り出して火をつけた。

「だいぶ長いあいだ吸わなかったのにだめね」と言いながら深々と煙を吸い込む。

「だけど、そろそろジュリオもブラジルに帰るべきかもしれない。これ以上日本にいてもどんどんだめになりそう」

「でもそうしたらマリアさんを捜している人が誰もいなくなっちゃいます」今まで黙って聞いていた紗江良が言った。「マリアさんを捜す人、待っててくれる人が誰か必要です」

「そうかもしれない。でも、ジュリオが日本にいても何ができるっていうの。それにわたしもこんな狭苦しい町にいるのが嫌になった」

紗江良は唇を噛む。

「そういえばあなた、前にも似たような事件があると言っていたよね」

「そうです」

「六十年前に岩下鉱山で起きた事件でしょ」

「知ってたんですか？」

「これでもわたしは教師だったの。歴史のね。不倫がばれてやめさせられちゃったけどね」

あ、と紗江良が小さな声をあげたのを見て、女は薄く笑った。

「あなたも噂くらいは聞いたことがあるというわけね。小さな町だものね。まあ、商売柄わたしもこの町の歴史を調べたことがあるの。年寄りに聞けばすぐに思い出すわ。大事件だったから」

「わたしが聞いたのは、大間知家の女の人が高校教師をやめたって」

「わたしの姓は大間知じゃない。でも母は確かに大間知本家の人間だからつきあいはあるけどね」

「じゃあ、大間知祐人という人については何か知りませんか」千秋は突然思いついて言った。

「大間知祐人。聞いたことある。その事件の時期、大間知家の当主だった人でしょ」

「有名な人なんですか」

「有名というか」彼女は少し考えるそぶりをした。「母から名前を聞いたことはある。凄いやり手だったって。でもそれくらいね」

「じゃあ設楽節《したらせつ》という人はどうですか？　セツというのは節度の節です」女がゆっくりと振り向き、正面から千秋の目を見つめた。

「どうしてそんな名前を知ってるの？」

「大間知祐人と設楽節は共同で映画を作っていたんです。それが何か事件と関係があるような気がして」

「そんな映画のことは知らない。でも、わたしはその設楽という人を見たことがある」

「ほんとですか」千秋と紗江良は同時に叫んでいた。女はまた幼い頃を回想する眼差しになって言った。

「もうずっと昔の話よ。大間知の本家に遊びに行くと、敷地内に離れがあって、その設楽の小父《おじ》さんと呼ばれてる人が暮らしていた。もう老人だったけど、品のいい感じでね、でもひどく影が薄かった。ほとんど家から出ることもなかったし、わたしたちみたいな親戚の子供たちも、なんとなく近づいてはいけない人なんだって承知していた」

「いったいどういう人なんです？」

「そうね。生贄《いけにえ》の山羊《やぎ》ね」

「生贄の山羊？」

「大間知家の犠牲ということ。大間知というのはこの町の王様のようなもの。だけど王様が王様でありつづけるためにはときには犠牲がいる」

「すみません。つまりどういうことですか」

「たぶんあの設楽という人は、大間知家の誰かの私生児だったんじゃないかしら。でなければ本家に住んでいる理由がないもの。だけどそれは決して公にはできないことだった。わたしが知る限り、あの男は誰とも交流を持っていなかったし、仕事のようなものもなかった。体《てい》のいい軟禁状態だったのかもしれない」

「そんなんで本人は嫌じゃなかったんですか」

「さあ、どう思ってたのか。わたしが覚えているのは、離れの前の花壇を熱心に世話していたことだけね。とにかく大人しい人だった」

それから彼女はタバコをにじり消すと立ち上がった。「そろそろ帰らなきゃ。もし万が一マリアのことで何かわかったら、連絡をちょうだい。でも無理でしょうね。期待はしていない」彼女は手帖を切り取ると、田原由美子《たはらゆみこ》という名前と電話番号を書いてよこした。

「あ、ちょっと待ってください」紗江良が言う。「マリアさんがいなくなったときの目撃情報はなかったんですか。何か手がかりのようなものは」

「何もなかった」女は首をふった。

「じゃあ残されたものは」

「そうだ、これ持ってきたの」

田原は目鼻立ちのくっきりした少女の写真をさしだした。この夏に撮ったものなのか、強い日差しを正面から受け止めて少女はカメラに向かって屈託のない笑みを見せている。その濡れたような瞳は確かにジュリオと同じだった。

「この子、サンダルを履いているでしょ。プラスチック製で花柄の」

「ええ」

「このサンダルが片方だけ落ちていたの。幾ら捜してももうひとつは見つからなかった」

彼女が去ったあとも、千秋たちはしばらくベンチに座っていた。しばらく何かを考えていた紗江良が言う。

「ねえ、わたし、五〇年代の事件の犯人って大間知祐人じゃないかと思うの」

「どうして」

「だって、これだけ大きな事件で全然犯人の手がかりがないっておかしいよ。だけどもし大間知家が全力で証拠を隠蔽《いんぺい》していたら。警察にだって顔がきいたかもしれないし。祐人が犯人ならきっとそうするはず」

「それはただの推測じゃないか。それに、一九七五年の事件では、若い女の姿が目撃されているんだ」

「そっかあ」紗江良は少しがっかりしたように呟いた。

「じゃあ、大間知家の女の誰かかも」

「どっちにしても証拠がないよ。それに、昔の事件が今の事件とつながりがあるのかもわからない」

「わたしは絶対関係あると思う。いろいろなことが似すぎているもの。被害者の年齢とか状況とか」

「じゃあ同一犯ということ？　でも時間が空きすぎている。あるいは模倣犯だとしても、なぜそんなことをするのかがわからない」

「そうね。けど、犯人は必ず昔の事件を知っていて意識しているよ。だから昔のことを調べるのは意味があると思う。ねえ、一度岩下新町に行ってみる必要があると思うの。車なら四十分くらいだし。明日にでもどう？」

「うん」千秋は考え込んだ。不意に、強い徒労感に襲われる。

「明日か」

これ以上こんなことをつづけて何になるというのだろう。たぶん、あと数日すれば、母親が迎えに来て、自分たち兄弟は東京に帰るだろう。両親が離婚するのなら、新しい住居を探したり、引っ越しの準備をする必要もあるだろう。誰がどこに行くのかはわからないけれども、この七重に残るということは絶対ない。そう考えると、今までしてきたことがすべて無意味に思えてきた。どうせ犯人なんか見つかるはずがない。

「何か気がのらないような返事だね」紗江良が咎《とが》める。

「無駄なような気がするんだ」

「そんなの行ってみないとわからないよ」

「いや、そうじゃなくて」千秋はため息をついた。「僕たちがやってること全部が。ジュリオの言う通りだよ。僕らはただの中学生なんだ。中学生に何ができる。結局探偵ごっこじゃないか」

「ちょっと、何を言い出すの。今までだって成果あったじゃない」

「成果って、あのおかしなフィルムを発見したこと？　それが事件と何の関係があるの。こっちが気持ち悪くなっただけだよ」

「まだ始めたばかりなんだよ。すぐに結果が出なくたって仕方ないじゃない」紗江良はむきになる。

「いつまでやったって同じだよ。結局単なるお遊びにすぎないんだ」

「なんで。なんで、いきなりそんなこと言い出すの？」

「なんかもう嫌になっちゃったんだ」

「どうして？　殴られて鼻血が出たから。子供じゃないかって馬鹿にされたから」

「そんなんじゃないよ」と言ったきり千秋は黙り込む。

「じゃあ何？　どういうこと」と紗江良は責め立てた。千秋は、もうどうなってもいいと思う。

「まだ言ってなかったけど、この前襲われたんだ」

何を言っているのだろうと紗江良の目に戸惑いの色が浮かぶ。千秋はかすかな快感を覚えながらくりかえした。

「幻影座の近くで襲われた。気を失うまで首をしめられた。相手が誰かはわからない。でももうこれ以上この事件に関わるのは御免だ」

ちょっと待って、と紗江良が言い掛けるのを千秋は遮った。

「それから美和や颯太も巻き込まないでほしい。紗江が一人で何かするのは勝手だけど、史生だって危険だと思う。とにかくもう関わりたくない」

「でも、相手が襲ってきたってことは、それだけこちらの調査が向こうを追い詰めてるということよ。今ここで諦めたら全部無駄になる」

「それが僕と何の関係があるっていうんだよ」千秋は大きな声を出した。

「どうせ僕たちは、もうしばらくしたら東京に帰るから。そしたら新しい生活が始まるから。そうしたらもうこんなこともできないし。はっきり言って僕とは関係ないし」

怒った紗江良は立ち上がって千秋の腕をつかんだ。振り払おうとするが紗江良は放さない。

「七重町の出来事なんてもう関係ないって言うの。ちょっとそれってひどいよ。じゃあ殺された女の子はどうなるの？　あなたが見つけたんだよ」

「死んだ人間はもうどうにもなんないよ」千秋も怒鳴っていた。

「死んだ人間のことなんか考えても仕方がないんだよ。紗江良がうらやましいよ。そうやっていつも自信満々で。つねに自分が正しいと思ってる。まあ、町で有名なお医者さんの娘だもんね。あんな大きな家に住んで、たくさん知り合いがいて、大人からも一目置かれててさ。僕の気持ちなんかわかんないよ」

「自信満々なんかじゃないよ」紗江良は叫んだ。その顔がぐしゃりと泣き顔に歪む。しかし泣き出すかわりに、滲んだ涙を手ですばやく拭き取ると怒鳴り返した。

「もういい。あんたなんかに頼らない。わたしはわたしでやるから」そのまま彼女は憤然と歩き出した。途中、ふりかえって「わたしたち、せっかくいいコンビだと思っていたのに」と吐き捨てる。

「勝手にしろ」

千秋はベンチに座ったまま紗江良の後ろ姿を見送った。これでいいのだ、と思おうとした。もう一度、勝手にしろ、と口の中で呟いた。

七、影の影

　翌日になっても千秋の気持ちは晴れなかった。布団から起き上がる気力もないまま大の字で横たわっているのにも飽くと、うつ伏せになって、周りにちらばった本などを眺めてみる。畳の上に放り出されたノート。書きかけの地図のページを開く。それは中途半端なうえひどく下手糞で、ここ十日程の愚行を象徴しているようだった。

　自分はまだ子供なんだ、というのは言い訳なのだろうか。しかし、それが事実であることもまちがいなかった。

　何度も昨日のことを思い返した。やっぱりあれでよかったのだと思う。けれど、千秋の心はしきりに紗江良の後ろ姿に舞い戻る。よくよく考えてみれば、これでもう二度と彼女と会うこともないのだった。千秋は自分の心を正直にさらってみるにつけ、紗江良といるのは結構楽しかったと認めざるを得なかった。いけすかないところも、高飛車なところもあったけど、あのくるくる変わる表情を見ているのはおもしろかった。最後に目にした怒った顔が焼きついている。本当にあれでよかったのかといつのまにか自問が再開した。

千秋は堂々巡りに疲れて立ち上がった。

気分をかえるため外へ出る。といっても行くべき場所もないのだった。図書館へ行こうかとも思ったが、もう調べる事柄もないのだと思うと気持ちが萎えた。行き先も確かめずたまたま来たバスに飛び乗った。いつものようにがらすきだった。毎日のようにバスに乗っていたので、すっかり見慣れてしまった近所の風景が車窓を流れていく。だがあと何日かすればこの町を離れて家に帰る。そう考えることは少しだけ寂しかった。

千秋の家のある町であれば、ここから見える風景は、ガラス張りの建築物や立ち並ぶ高層マンションのはずだった。頭上には高速道路が走り、地上には無数の人たちがざわめいている。だが今、車窓の向こうに広がっているのは明るい緑色をした稲の穂の波だ。一陣の風を受けて、稲の葉が白く閃く。

しばらくして、停留所で乗り込んできた男を見て千秋は声をあげた。以前に図書館で出会ってササキと名乗った奇妙な男だったからだ。ササキは、片手で吊り革の列をたどりながら、吊橋でも渡っているような慎重な足取りで進んでくる。

「ササキさん」千秋は立ち上がって呼びかけた。

ササキも驚いた様子で、「あ、こんにちは」と挨拶をした。

「何だか縁があるみたいですね」

ササキが一つ前の席に座ったので、千秋は自然に彼の後頭部を眺めることになった。少年のように細い首筋の髪の毛は、神経質なまでに短く刈られていた。

ササキは冷房がかかっているにもかかわらず窓を開け、外の風景をじっと眺めていた。

「今日はどこへ行くんですか」千秋は尋ねた。

「週に一度、バスに乗って町を一周することにしているんです」

「どうして」

「もっと季節の変化や自然の風景に心を向けたらどうですかと先生に言われたからです。千秋さんはどこへ行くんですか」

「僕も実はあてがないんです」

「そうですか」

そのまま二人は黙り込んだ。バスは停留所に停まり、杖をついた老婆が降りていった。

「あの、一緒に行ってもいいですか」

「もちろん、いいですよ」

バスは町並みを縫いながらゆったりとルートを巡っていく。深倉《ふかくら》、朴《ほお》ノ葉《は》、佐久地《さぐち》、六《ろっ》本松《ぽんまつ》といった停留所名が千秋にはどこか物珍しく感じられた。やがて道路は町を離れて山際の谷に入り込み、うねうねと蛇行しながら、バスを小高い丘の上に連れて行った。道路の片側は切り立った斜面で、崩れやすい部分をコンクリートで固めてある。山上の方の湧き水なのか、細い流れがその表面を黒く湿らせていた。

ずっと黙ったままだったササキが急に、そうだ、と言い出した。

「これからも図書館に行くんだったら、教えなければならないと思ったことがあるんです。

あそこは申請書を出せば、地下書庫にも入れます。古い資料とかだと、いちいち書庫から出してもらわないといけないのが面倒でしょう」

「そうですか」と千秋は軽く受け流した。正直、もうどうでもよかった。

当分険しい道がつづいた。ときおり、どうしてこんなところにと思うような場所に民家があるほかは人の気配もない。道路はさわやかな水音をたてている瀬に沿って進み、森や林を潜り抜けて確実に山の上に登っていく。やがて、雫峠《しずくとうげ》という停留所で一旦停車した。

千秋は、反対側の窓から外を眺めて息をのんだ。眼下の山あいに、七重町の全容がミニチュアのように広がっていたからだ。その気配を察したのか、ササキが「ここがこの町で一番眺めのいいスポットと言われています」と呟いた。

「町の中央を走っているのが那珂川です。町の役場や図書館など、主な施設はほとんど川の東側に集中しています。川の西岸と南の方はほとんど農地です。田んぼか畑ですね」

那珂川は銀色の帯のように谷間の中央を貫いて走っていた。ササキの言う農地は、ここからでは緑と茶色のパッチワークのように見えた。カラフルだが胡麻粒のように小さく見える自動車が、道路の細い線の上を動いている。

「全部おもちゃみたいですね」

「冬にはこの谷間全体が白い雪の下にうずもれます。春には川の土手が桜の木で桃色に染まります。秋には山頂から徐々に紅葉が下ってきます」

淡々とそう語るササキの横顔を眺めて、彼はそうした風景を週に一回ずつ見つめながら過ごしてきたのだろうか、と千秋は思った。何年も。一人きりで。

一度停められていたエンジンが再び動き出し、バスは向きをかえて山を下りはじめた。ササキはそのまま黙り込み、窓ガラスに頭をもたせたまま何か物思いにふけっているようだった。

バスはゆっくりと来た道を戻り、やがて再び町に入っていく。薄緑に塗られた長い鉄橋を、車体を揺らせながら渡って川向こうへ移動した。そのあいだも乗客は、一人乗り、二人降り、といった状態がつづいていたが、しばらくして吹辺《ふきのべ》バスセンターというところに着いたときには、いつのまにか千秋とササキの二人きりになっていた。

終点です、ご乗車ありがとうございました、と運転手がマイク越しのくぐもった声で言う。二人は降車すると、どちらからともなく停留所に据えられたポリエチレン製のベンチに腰を下ろした。ベンチを覆うように申し訳程度の庇《ひさし》はあるものの、吹きさらしのため熱風が吹きつけてくる。そこは水田の一区画をアスファルトで舗装してバス用のロータリーにしたもので、運転手の待合室らしい小屋が敷地の隅にあるほかは、なにもないだだっ広い空間だった。

「僕はこの町から離れられないんです」ササキが不意に言った。

「どうして？」

「以前に他の町で働いたこともあるけど、すぐに具合が悪くなりました。それで戻ってきたんです」

そう言って彼は笑みのようなものを浮かべたが、すぐにその笑みは消えてうつろな表情だけが残った。それからぽつりと言った。

「僕は閉じ込められているんです。この町に。この病気の心に」

千秋は黙ったままでいた。

「ここから出て行こうとしても、すぐに頭がおかしくなる。きっと一生このままです」ササキは頭を垂れ、震える声で言った。

「僕の人生は失敗だった」

ただ噴き出した汗だけが額を伝っていく。炎暑のなかで風景が揺らぐ。耳を聾《ろう》する蟬の鳴き声が空間全体を白く燃え上がらせている。

「僕も、もうどうしたらいいのかわからないんです」千秋は絞り出すように言った。

「自分で自分がもうわからない。自分が穢れていると感じる」

「なぜ?」ササキは驚いたように言った。

「あなたこそ、僕とはちがって、あらゆる可能性に向かって開かれているじゃないですか」

「可能性、可能性、ってみんな言うけどそれが何なんです」千秋は思わず強く抗議した。

「それは結局空っぽだってことじゃないですか。これから何になるかわからない、ってだけじゃないですか」

「それが嫌ですか」

「だって、不安じゃないですか。自分が何者なのかわからないんだ。空っぽで、それでいていろんなものだけが蠢いてるんだ。自分がいつ何をしてしまうか……」

「今の、子供をさらっている男みたいに？」ササキは笑った。

「大丈夫。僕はそう思いません。あなたは今心身が日々変化していくサナギのような時期です。それだけに、気持ちが不安定になるのは当然だと思う」

千秋は不意に何もかも打ち明けてしまいたくなった。この人にならどう思われてもかまわない。いや、何を聞いてもきっと千秋を蔑《さげす》んだりしない。

「僕は、たぶん、同性が好きなんです。気になる同性といるとどきどきしたり不安になったりする。まともじゃないんだ。どこかおかしいんです」

ああ、ついに人に告白してしまった、という悔恨が身内を突きあげるが、同時に、話すことで楽になった自分もいるのだった。

ササキはまじまじと千秋を見回して、それから静かに微笑んだ。

「僕も初めて入院したのがあなたくらいの年でした。そのときは、自分が完全におかしくなってしまったのだと思い、一生ここから出られないんだと考えて怖かった。だから、気持ちはわかる気がする。けれど、それは病気ではないし、あなたくらいの年頃ならよくあることだと思います。これから先、その気持ちがどうなるかはわからないけど、今はただ、自分の胸の奥にしまっておけばいいのだと思います。あせることはない。自分の気持ちを裏切る必要もない。時間はまだたっぷりあります」

「本当でしょうか」

「本当です」彼はうなずき、二人はじっと前を見た。

千秋は徐々に全身の力がぬけるのを味わっていた。

どれほどの時間そうしていたのだろうか。やがてササキが言った。

「この前の事件について、何かわかりましたか」

「大して進展はありません」千秋は首を振った。それから気がついて尋ねた。

「ササキさんは、過去にこの町で起きた誘拐殺人事件を知っていますか」

ササキの体が、一瞬ぴくりと震えたようだった。

「僕は見ていました」

「え」

「子供の頃、自分の知り合いがさらわれるのを見ていました。六歳のときの話です」

千秋は絶句した。「もしかして、それ川崎舞という女の子じゃないですか」

「舞ちゃん」ササキは呟いた。「そう。舞ちゃんと一緒に遊んでいた」

千秋はまじまじとササキを見返した。新聞に載っていた誘拐の目撃者というのはササキだったのだ。

「じゃあ、あなたは犯人の女を見ているんですね」勢い込んで千秋が言ったのを片手をあげてササキは遮った。

「あれに乗りましょう」

バスセンターに入ってきた新しいバスを手で指す。行き先には岩下新町とあった。二人乗り座席に並んで腰掛けると、ササキは大きく息を吐いた。車体を一瞬大きく身震いさせてバスは走り出した。

「女の姿は見ていません」

「しかし」千秋は抗議した。

「女じゃなかった。女の服を着た年老いた男だった」呆然としている千秋の言葉を封じるようにササキは言った。

「でも警察は取り合ってくれませんでした。長い髪をして女の服を着ていたというだけで、僕が見たのは女だと決めてしまった」

そのあと長い沈黙があった。

「その後、その男を見ることはなかったんですか」千秋は聞いてみた。

ササキは首を振った。

「僕はまだ幼かったんです。そのとき見た男の姿は、時間がたつにつれて徐々に曖昧なものにかわっていきました。チョークで書かれた文字が、だんだん薄くなってやがて読めなくなってしまうように。今では、たとえ目の前にその男が立っていたとしてもわかるかどうか自信がありません。その代わり、それ以来、僕には風景が不意に歪んで見えるようになりました。金属的な耳障りな音をたてて景色がぐにゃりと歪むんです」しばらく黙り込んだあと、軽く咳払いをしてササキは続けた。

「事件があったのは当時僕の家族が住んでいた家の近くです。でも今はそこは取り壊されて駐車場になってしまっている。車が十台も停まれば一杯になってしまうごく小さな駐車場です。その場所で、女の子が一人さらわれたという痕跡はもう何もない」

千秋は、その駐車場の様子を思い描いてみた。周囲を背の低いフェンスで囲まれた、ビルとビルの間のありふれた駐車場だ。そこに消えた少女の痕跡は残されていない。記録のない記憶。痕跡のない過去。

「もうご存じかもしれませんが、遺体は岩下新町に向かう途中の道路際で発見されました。とっくに放棄されていた坑道の近くです。今辿っているこの道の先にあります。僕も、警察に連れて行かれて現場を見せられたことを覚えています」それだけ言うと、ササキは前の背もたれに額を預けたまま、まったく口を開かなくなってしまった。

バスは那珂川を渡り、山あいの道を進んでいった。周囲にあるのは緑の濃い山々と生い茂る夏草だけで、畑も水田も見当たらず、人の気配は感じられなかった。だがそれでもよく見てみると、その土地には、どこか人の手が加わった跡があった。それは山の中腹で半ば土に埋もれているコンクリートの建造物だったり、道端に放置されたまま錆付いた鉄材だったり、無残な傷口のように赤茶けた内部を露呈している山腹の崩れた跡だったりした。総じてそれらは、過ぎ去ろうとしない過去の残骸だった。やがて道路から少し離れた場所に、古い公団住宅のような形式の建物が数棟現れた。〈廃墟〉だ。千秋は思った。カップルたちが肝試しのために訪れる心霊スポットとはこのような場所を指すのだ。

さっきから耳元を執拗に飛び回っている羽音に、いつのまにか蠅が紛れ込んだなと思いながら、千秋はそうした建物が、崩壊こそしていないものの、すっかり荒れ果てているのを見て取った。何十年も前に放棄され、忘却されてきた建物は、人間の骸骨のように不気味だった。ガラスというガラスを失った窓は空ろな眼窩《がんか》を連想させ、ベランダに放置された化粧パネルは剝き出しにされた黒い歯だった。

その頃から道路の両側の山裾が遠ざかり、バスは幅の広い谷間を走るようになっていた。あちこちに、これまでよりも規模の大きな金属やコンクリートの施設が散見された。いよいよバスは岩下鉱山の心臓部に近づきつつあるようだった。蠅の羽音はさっきから耐え難いほど大きくなっていた。

いや、それが羽音などでないことを無意識には気づいていたのだろう。だから、それが隣の座席に腰掛けたササキの唇からもれるうなり声だとわかったときにも驚いたりはしなかった。しかし、目を堅く閉じ、額にびっしりと脂汗を浮かべているササキの表情は尋常ではなかった。千秋は肩に手をかけて軽くゆすった。ササキは、初めて気がついたように薄く目をあけて千秋を見たが、そのまま音をたててバスの床に落ちた。

「お客さん、大丈夫ですか」驚いたバスの運転手が言った。

ササキは海老のように背中を丸め、両腕で頭を覆ったまま床の上で悶えていた。嫌だ、行きたくない、という声が聞き取れた。千秋が近寄ると、ササキは自分のこめかみを指差して、声が、と言った。声が、ここで降りろと言うんです。降りなければいけない。降りなければ僕はおかしくなってしまう。

千秋は「すみません、このバス止めてください」と叫んで、肩を貸してササキをバスから降ろした。運転手は「大丈夫、救急車呼ぼうか」と尋ね、千秋が断ると、「じゃあ、二十分ほどしたら七重行きのバスが通るからそれに乗りなさい」と言った。「薄情なようだけど、こっちは時刻表通りに動かないといけないから。悪いね。行くよ」

遠ざかっていくバスの車窓にもう乗客の姿はなかった。

千秋は舗装の悪い道路の際に立って、目の前に広がる茫々《ぼうぼう》たる夏草を見渡した。それは千秋の背よりも高く、ただ無秩序に風に葉先を揺らしているだけだった。

ササキは彼の足もとにうずくまり、低い声で何かを呟きつづけていた。「これからどうしましょうか」千秋は聞いた。

「この先に」

「この先に？」

「無理だ。僕は行けない。行きたくない」

千秋はひとつうなずくと、草叢《くさむら》の中に踏み込んだ。しばらく行った先に、鮮やかな色彩のものが落ちているのがわかった。千秋はそれを拾い上げ、周囲を眺め回して視界の悪い草叢がおよそ数十メートルも続いているのを確かめると、それを持ったままササキのもとへ戻った。

「何ですか、それは」

「ご覧の通り、土のついたサンダルです。たぶん、いなくなったマリアという少女が身につけていたものです」

ああ、とササキは低く呻いた。「じゃあ、この草の中のどこかにその女の子が」

「ササキさん、どうして僕をこの場所に連れてきたんですか」

「わかりません。ただ、ここへ来なければいけなかった。この土地は邪悪な場所です。もう何十年も前の恐怖と怒りと憎しみがいまだに消せない染みのようにこびりついている」

「戻りましょう」千秋は言った。「このサンダルを警察に届けなければいけない」

ササキはしばらく立ったまま音もなく啜り泣いていたが、顔をあげると答えた。

「その役は僕がやります。千秋さんは別の女の子の第一発見者でもあるんでしょう。警察はきっと奇妙に思うでしょう。だから、警察署の前までつきあってください」

千秋はしばらく黙ってから、ササキの目をまっすぐに見て聞いた。

「やったのは、ササキさんではないんですね」

一瞬ササキの目が見開かれ、それから徐々に沈鬱な表情になった。

「違います。もし嘘だったら僕を殺してくれていい」

七重町に戻り、警察署に入っていくササキを見送ったあと、千秋はあてもなく町を歩きつづけた。怒りとも苛立ちともつかないものが滾々《こんこん》と湧き上がり、とにかく体を動かしていないと、そのままその場で叫びだしてしまいそうだった。犠牲になった少女たちのイメージが目の前でちらつき、ササキの言葉が断片的に甦った。

この土地は邪悪な場所です。もう何十年も前の恐怖と怒りと憎しみがいまだに消せない染みのようにこびりついている。

「なんてひどい」彼は呟いた。「ひどい。ひどすぎる」

気づいたとき、千秋はいつか見かけた景色の中にいた。いつのことだったのか、そうだ、初めて紗江良と会った日のことだ。その場所は紗江良たちと歩いた、今はもう使われていない水路のすぐ近くだった。あたりを見回すと、木立のあいだから金属製の物体が覗いている。なんだろうと思って回り込んでみると空き地に廃棄されたコンテナだとわかった。レンタル倉庫、という看板が出ているが長年使われた様子もなく荒れ放題になっている。

千秋はふと、このような場所で犯人は犠牲者を待ち構えていたのかもしれない、と思った。ここならば、コンテナの裏に車を隠しておくこともできそうだ。ササキの話を聞いたあとだったので、今回も犯人は男に違いあるまいと思われた。このコンテナの中で女の服装に着替えて獲物が通りがかるのを待つ。人通りの少ない場所だから、適当な少女が来ない日もあるかもしれない。だから、何日も何時間も息を殺し、身を潜めている。

そのとき、犯人は何を感じているのだろうか、と千秋は思い巡らした。これからのお楽しみのことを考えてほくそ笑んでいるのだろうか。犠牲者をどう料理するか手順を冷静に組み立てているのだろうか。舌なめずりを繰り返しているのだろうか。

いや、違う、と千秋の中で囁くものがあった。血のように染み付いた恐怖、怒り、そして情欲。これが犯人の心の内部で渦巻いているものだ。犯人は檻の中に閉じ込められ、棒でつきまわされた鼠のように恐怖と怒りに我を忘れてパニックになっているのだ。この哀れな男にとって、性的な興奮とはこのパニックと同義なのだ。子供を殺さなければならない、女の子を決まったやり方で殺害しなければならないという観念にこの男はとり憑《つ》かれている。それはそうしなければ、自分で自分を破壊してしまうかもしれないと怖れているからだ。男はその衝動に苛《さいな》まれて暗がりに身を潜めるのだ。そうして何時間も待ち続ける。暗闇の中で不気味な光を放ちながら燃え続ける、孤独で、病んだ、狂気の炎。

千秋はあの日の道のりをもう一度辿ってみようと決心した。一度放棄された水路まで戻り、そこから細い路地へあがる。ちょうど同じくらいの時刻になっていたせいもあって、記憶は容易に甦った。住宅街を抜けて山のへりに入ると、ことさらに歩調を落として、どこで怪しい人影を見たのかを慎重に考えた。その影は、千秋たちの進む先で、横様に駆けてきて路を飛び越えたのだった。暗くなっていたために遠く感じられたが、案外距離は離れていなかったのかもしれない。十数メートルといったところだろうか。奇妙なのは、そのあと不意に姿が見えなくなったことだった。

千秋はそのときと同じように、山道に立って斜面を眺めてみた。人影が消えたあたりに目安をつけて下る。そこはやや傾斜のある畑地だった。ここに伏せれば、上の道にいる者からは死角になるだろうか。しかし、薄暗がりでも大人が地面に這いつくばっていれば十分目立つはずだ。何か秘密があるはずだと思いながら千秋は地面に伏せていた。

低い水音がした。

千秋は注意深く周囲を見渡した。一部にコンクリートが露出している。そのコンクリートの周囲を入念に確かめる。草が密集しているのでわかりづらかったが、雑木林の斜面の一角に古びた木の板が嵌め込まれていた。その板をのけると、人一人くらいなら通り抜けられそうな四角い孔《あな》が現れた。中は真っ暗だが確かに水の流れる音がする。暗渠《あんきょ》だった。農業用水なのだろうか。

とっさに紗江良に電話をかける。

「もしもし」

彼女の声を聞いた途端に言葉があふれた。

「紗江良。犯人がどうやって事件の現場から逃走したかわかったよ。龍ヶ淵のすぐ近くの地面の下に暗渠があるんだ。そこに飛び込めば誰にも見られずに移動できる」

紗江良が一瞬息をのんだのがわかった。

「ちょっと待って。今すぐ行くから」

「大型の懐中電灯を二つと、ロープを持ってきてほしい」

「わかった。他に必要なものは」

千秋は少し考えた。

「いや。だけど、紗江が来たら話したいことがある」

「了解」

「あ、ちょっと待って。切らないで」千秋はとっさに言った。

「なに」

　一度、深呼吸する。

「昨日はごめん、嫌なことがつづいて自棄《やけ》になってたんだ。もう大丈夫だと思う。たぶん」

「そう」紗江良は小さく笑った。

「こっちこそ、むきになってごめん。じゃあ、すぐ行くから」そう言って彼女は電話を切った。千秋はふっと肩の力がぬけるのを感じた。


　三十分ほどして彼女が現れたとき、日はすでに空から消えかけていた。

　彼女は暗渠の入り口を見てうなり声をあげた。

「なるほど。これじゃあ魔法みたいに消え失せるわけね」

「これから中に入ってみようと思うんだ」

「わたしも行く」

「いや、中がどうなってるかわからないから、紗江は外で様子を見ていてほしい」

　千秋はロープを腰にまいて、暗渠の中に降りた。水量は多くなく、足の甲にかかるかかからないか程度だった。懐中電灯で周囲を照らす。幅は一メートルくらいだろうか。いくらか屈み気味になれば頭がつかえることもない。

　千秋が地上に戻ると、今度は紗江良が下に降りた。

「犯人はどちらに逃げたのかしら」

「少し歩いてみればわかるけど、水流に逆らって進むのは思った以上に大変だ。早く現場を離れたいんだったら、流れの方向に向かうと思う」

「そうか。どこまで続いているんだろう、この地下水路は」

「うん。それが問題なんだ」

千秋たちは、五分と時間を区切って、暗渠を進んでみることにした。千秋が怖れたのは、夕立が来て水量が急に増すことと、何者かによって蓋がしめられ、出口がどこだかわからなくなることだった。先にたって歩きながら、千秋はガスなどが発生していないか気になって臭いを嗅いでみたが、これといってかわった臭いもしなかった。空気が淀んでいるとも感じなかった。風らしきものが通っているところを見ると、案外出口は近いのかもしれない。そう考えると勇気が出たが、それでも前屈みで歩き続けるのはきつかった。

やがて前方にぽつりと白い点が見え出した。腕時計を照らすとちょうど五分をまわったところだった。二人は顔を見合わせて、そのまま先に進むことにした。さらに五分歩くと、点ははっきりと光の面へとかわり、千秋たちが足を速めると確実に近づいてくる。暗渠がそこで切れていることは確かだった。

彼らが出た先は、やはり畑が連なっている地域だった。水は地中に埋め込まれたコンクリートの樋《とい》に流れ落ちている。犯人もまたここに出たのだろうか、と千秋は周囲を見回した。暗渠に入る前はほとんど黒く見えた空が、暗闇に長くいたために、今はやけに明るく、非現実的に見える。すぐ近くに農家が一軒影絵のような姿を浮き立たせていた。

「入ってみましょうよ」紗江良が言う。

「だって――」と千秋が驚くのもかまわずに、紗江良は繁った笹をかきわけて農家に近づいた。よく見るとガラス戸には罅割れが入り、軒先には外れた雨戸やスコップなどが投げ出してある。人が住んでいるようには見えなかった。

「このあたりは結構多いの。こういう家」紗江良が言った。

紗江良が軋《きし》むガラス戸を無理やり開けて中を覗き込み、千秋に合図をする。入った先は土間になっていて農具らしきものがばらばらと落ちていた。二人はぐるりと家内を一巡した。特に何があるわけではなかったが、犯人がここに立ち寄った可能性は高い。

「そういえば、話したいことって何」

千秋は今日一日のことをくわしく説明した。岩下新町の場面で紗江良は息をのんだ。

「じゃあ今頃、マリアの捜索が始まってるの」

「そうじゃないかと思う」

「そのササキという人も重要参考人くらいにはなるでしょうね。たぶん当分留め置かれるんじゃないかな」

「僕も彼と一緒にいるところをバスの運転手に見られているから、そのうち呼び出しがくるかもしれない」

「ますます追い詰められてきた、というわけね」紗江良はため息をついた。

「わたしたちは少しでも犯人に近づいているのかな」

「僕が思うのは、この男にはひどく顕示的で自己破壊的なところがあるということだよ。必要もないのに姿を他人に見せたがる」

「でもそれは女装によって捜査をミスリードさせようとしているのではなくて？」

「僕はその格好が強迫観念のようになっているんだと思う。冷静な計算以上に憑かれた、病んだ精神を感じる。同じことは死体の隠し方にも言えるよ。独特だけど、入念というんじゃない。永遠に人の目に触れないようにしておくことは彼にとって大して重要じゃないんだ」

「どうして」

「捕まったってかまわないって思ってるんじゃないかな」

「自棄になっている」

「そう、自棄になっているのかもしれない」彼はうなずいた。

「だけど、それ以上に破壊したがっているような気がする。まずは自分自身を、そして自分をとりまく世界すべてを」

「とりまくすべて？」

「もし連続殺人犯として逮捕されたら、周りの人間は驚愕するし、何より窮地に陥るだろ」

「まあ、その家族はこんな小さい町にはいられないでしょうね」

「そういう自分の周囲の人間を自分と一緒に泥の中に叩き込んでやろうという気持ちがあるのかもしれない」千秋はちょっとためらってからつづけた。「僕だって何もかもぶっ壊れちゃえばいいいと思うことがあるよ」

「ちょっと待って。でも問題は五〇年代から今まで、どうして同じような犯罪がくりかえされているのかということよ。期間が長すぎて同じ人間の犯行とはとても思えない。ということは、誰かが初代の跡を継いでるということだわ。勤勉で優秀な二代目として」彼女は大きく天を仰いでから顔をしかめた。

「でも何のために？」

千秋たちが暗渠を見つけた翌日、美和と颯太と史生の三人は、千秋たちに内緒で町外れの停留所に立っていた。

まっすぐに延びた道路の向こうから、陽炎《かげろう》に揺れながらバスがやってくる。

「どうする。本当に乗っちゃう？」美和は史生に肩を寄せて囁いた。

「もちろん」史生は大きくうなずいた。

自分たちだけで岩下新町へ行こう、と史生が提案したのは昨日のことだった。この場合、自分たちだけで、というのは、千秋と紗江良を排除して、という意味だと美和はすぐわかった。

「だって、紗江ったら急に調査のことを話してくれなくなっちゃったんだもん」と史生は口を尖らして言った。

それと、岩下新町行きがどうつながるのか、美和にはさっぱりわからなかったが、突然何も話さなくなったのは千秋も同じだった。朝のうちに外へ出て、疲れた顔で夕方帰ってくる。そのほかの時間も、心ここにあらずといった様子で一人で考え込んでいることが多かった。

颯太はもうすっかり乗り込むつもりで、停留所の前で足踏みをしている。二時間に一本しかないこのバスに乗りそこねたら、もう今日の遠出は取りやめだろう。それでも美和は気が進まなかった。アマザワ先生との約束を忘れたわけではない。しかし、だからこそ岩下新町に近づくのは気が進まないのだ。

とうとうバスが目の前に停車した。クリーム色の地にグリーンのライン。止める暇もなく颯太は乗り込んでしまう。史生がステップに足をかけてから、まだためらっている美和をふりかえった。美和はあきらめて史生につづいた。

二人はバスの中ほどに席をとった。車内にいるのは坊主刈りの中学生と背の低い老婆、それから最後部で帽子を顔にのせて居眠りしている若い男だけだった。颯太は一人で通路の向かい側の二人席に陣取り、さっそくリュックからスナック菓子を取り出している。美和はあわてて「颯太。バスの中で食べるのはダメ」と叱りつけた。

バスは那珂川の鉄橋をわたり、徐々に山の中に入っていく。

「史生は岩下新町って行ったことあるの」

「うん、社会科見学で」

「何を見たの」

「鉱山の跡とか。それと人の住んでいないお化け屋敷みたいな建物がたっくさんあるの」

突然颯太が「線路があるよ」と叫んで窓の外を指差した。見てみると、道路のすぐ隣に赤く錆の浮いた線路が続いている。けれども砂利の部分は夏草で覆われてとても今でも使われているとは思えなかった。

「あれ、昔は鉱山で取れた鉱石を運んでいたんだって」と史生が詳しいところを見せた。美和は素直に感心してうなずく。

やがてバスは線路とも別れ、小さな瀬に沿って森の中を進んでいった。窓際に座っていると、路傍の樹間から漏れ来る陽光が膝の上をかすめていく。

途中バスは二か所の停留所に停まり、中学生と老婆がそれぞれ降りていった。

美和はいつのまにかまたミーコのことを考えていた。ミーコの日記にも汽車が出てきた。線路の脇で洗濯物を干す。それを取り込むとき手が冷たくて辛い、というような話ではなかったか。

「そういえば」史生が言い出した。「紗江が目撃した自動車泥棒だけど、向かって行ったのは岩下新町の方じゃないかって言ってた」

「どうして」美和はすっかり自動車盗難事件を忘れていたことを思い出した。

「あそこなら目につかないから」

美和はふうんと言うしかなかったが、その言葉に反応したのが颯太だった。

「僕たち、これから自動車泥棒捜すの？」と大声で尋ねる。

「ちょっと、静かにしてよ」後部座席で寝ていた男が身じろぎしたのを見て美和はたしなめ、しかしすぐに道路際の景色に気をとられた。墓標めいた暗いコンクリートの建物が次々に車窓を流れていく。四層に並んだ無骨な窓が、どれも真っ暗なのが不気味だった。

「あれ、昔鉱山の人たちが住んでいた団地だったの。今はもう誰もいないけどね」

「岩下新町ってもう誰もいないの」

「そうみたい。ゴーストタウン」

終点の停留所は、旧岩下鉱山廃水中和処理施設前という長ったらしい名前だった。降り立ったしばらく先に、その施設らしい建物があるほかはこれといって人家らしいものもない。美和は立って周囲の風景を見渡した。遠くの山々は濃い緑に包まれているのに、近くの丘陵はあちこちを削り取られ、灰褐色の断面を曝《さら》け出している。そのあいだにぽつりぽつりと、廃墟化した建築物が見受けられた。

美和たちは歩きながら、弁当を食べるのに適当な場所を探すことにした。どこか、ビニールシートを広げられるところがあるといいのだが。颯太はすでにはしゃいでいる犬のようにあちこちを駆け回っている。

先を歩いていた史生が、隣の工事現場のようなパネルで囲われた敷地を指差した。どうしたのかと近づいてみると、「ちょっと見て」とパネルを重ね合わせる部分が少し離れて隙間になっているところを示す。覗いてみると、中にはコンテナが二層に積み上げられ、そのあいだには半ば解体されかけた白っぽいワゴン車が見えた。タイヤと側面のドアを取り外されて直接地面の上に横たえられている。

「これってもしかして、さっき言っていた自動車泥棒の工場じゃない？」

「まさか」

二人はもっとよく見ようと、隙間に顔を寄せた。見れば見るほどそのように思えてくる。美和は自分たちが幸運にも大発見をやってのけたに違いないと確信した。早速帰って、千秋と紗江良に報告しよう。そのとき、背後から低い声がした。

「よお、おまえら何やってんだ」

ふりかえると、白いジャケットを着た金髪の男が立っていた。美和にはさっきバスの後部座席に座っていた男だとわかった。バスの中で不審に思い、自分たちのあとを尾けてきたのだろうか。男は突然両手を使って美和と史生の肩をつかんできた。その手の力は強く、美和はもう逃げられないのだと気がついた。史生の方を見ると、彼女も呆然と男の顔を見上げている。

「ちょっと、おまえらこっち来いよ」

男はそう言いながら、美和たちの腕を引っぱってアコーディオン式のカーテンになっている出入り口から中へ押し込んだ。颯太はどうしただろうか。横目で確かめたが姿が見えない。

男は二人を散乱する自動車部品の中を引きずっていくと、事務所になっているらしい片隅のプレハブへ連れて行った。中にはベニヤのテーブルがひとつ。上には書類らしきものが乱雑に広げてある。テーブルの上にも床にも、吸殻の積み上げられた金属の灰皿がおいてあり、最初部屋の中に入ったときに感じた鼻の奥を刺激するような悪臭が、この濡れて黒くなったタバコの吸殻からくるものだと気がついた。

男は美和たちを投げ出すようにして安っぽいソファに座らせる。自分は立ったままパイプ椅子の背もたれに脱いだ白いジャケットを投げかけた。部屋の奥で水の流れる音がして、肥った禿頭の男がズボンのファスナーをあげながら歩いてきた。ワクワクタウンで出くわしたあの男だった。男は、美和たちの姿を見て、なんのつもりだと若い男の顔を見た。

「こいつら、ここの様子をうかがってたんすよ」

禿げ頭の男の顔が怒りのために赤くなった。「馬鹿やろう。いちいちそんなことでガキを連れ込んでどうするんだ」

「それだけじゃないんすよ。このガキども、バスの中でも自動車泥棒がどうとか言ってやがった」と若い男の方も負けずに声を張り上げる。

自動車泥棒と聞いて、年配の男も口をつぐんだ。あらためてまじまじと美和たちの顔を眺めなおす。美和は何とか気づかれぬことを祈りながら目を伏せていたが無駄だった。男は言った。「こいつ、前に俺を後ろから突き飛ばしてきた子だよ」それから、自分自身の言葉に激昂したように「こいつらは一体何で俺をつけまわしてんだよ」と大声をあげた。

「どうします」

「どうしますじゃねえよ。自分で連れ込んだんだろ。何とかしろよ」

「ちょっと、それはないでしょう。じゃあ、このままガキを放しちまっていいんですか」

ちきしょうと禿げ頭の方がつぶやいて取り出したタバコに火をつけた。

「じゃあどうするつもりなんだよ」

「わかりませんよ」と若い方も拗《す》ねたように言う。

「ちょっと電話してくるから、こいつら見てろ」と言いおいて、男は携帯電話を片手に外に出た。美和たちに聞かれないためだろうが、声が大きいので、入り口のガラス越しにも男の話していることは半分近く聞こえてきた。しきりに、そんなことといってもとか、脅しつけるってどうするんだよ、などと文句を言っている。

美和は床に置いた弁当の紙袋に目をやった。緊張のあまり、ぎゅっと紙袋の取っ手を握り締めたままだった。その手を離し、そっと撫でさする。自分の手が細かく震えているのがわかった。ふと目の前のパイプ椅子にかけられたジャケットの内ポケットに携帯電話が差し込まれていることに気づく。

美和は自分の肩をそっと隣の史生の肩にぶつけた。二度、三度くりかえして、ようやく史生が訝しげな目を美和に向けた。

「史生。トイレ行きたいって言って」

史生が、どういうこと、という顔をする。美和は目顔で若い男の携帯電話を示した。タバコをくわえた男は忌々しげに、外の相棒の様子を眺めている。しばらくたってから、史生が小さくうなずく。

「ねえ、わたし、トイレ行きたい」史生が蚊の鳴くような声で言った。

聞き取れなかったのか、男は、ああ？　と聞き返す。

「トイレ、トイレ行きたい」

「そんなもん、ちょっとくらい我慢しろ」

「だって、もう我慢できないもん」史生はわっと泣き出した。

男は、ちっと唾を吐くと、「まったく、どいつもこいつも」と呟きながら史生の襟元をつかんで立たせた。「ほら、便所はこっちだ。ついて来い」美和に背を向けて歩き出す。

その隙に美和は身を乗り出してジャケットから男の携帯電話を抜き取った。急いでパンツのポケットに押し込む。男はすぐに戻ってきて、何か嗅ぎ付けたのか、じろじろとあたりを眺めたが何も言わなかった。

史生がまだ洟を啜りながら帰ってきたとき、今度は美和がトイレに行きたいと言った。男はもう何かを言うのも面倒だというように顎をしゃくっただけだった。トイレの戸を閉めるのももどかしく、あわてて携帯電話を取り出す。音がまぎれるように水を出しっぱなしにしながら千秋にメールを打った。電話にしなかったのは、やはり声を聞かれるのが怖かったからだ。〈車泥棒につかまった。バス停すぐ。コンテナのとこ。電話するな〉送信のキーを押し終えると、ようやく全身の力が抜けたような気がした。千秋はこれを見て助けに来てくれるだろうか。だがどうやって？　それにどれくらい時間がかかるだろうという不安がまた黒雲のように美和の心を覆う。

突然扉を激しく叩く音がして美和は身を竦《すく》めた。「おい、いつまで小便してんだよ」と怒鳴られる。美和は立ち上がり外へ出た。あわてていたので、危うく携帯電話を隠すのを忘れるところだった。ところが運の悪いことに、美和がソファに戻ったときに携帯電話がポケットで鳴り始めた。着信音を聞いて若い男が顔色をかえる。

「おい、それ俺んじゃねえか」

美和は携帯電話を奪い取られて、思い切り頰を張られた。部屋仕切りのパネルに後頭部から叩きつけられる。痛みより恐怖と驚愕の方が大きく、思わずうっという声が出る。ちょうど年配の男が外から戻ってきたところだったが、彼は何があったのか問うこともせずに、「もうすぐヒデの奴が来るそうだ。そいつらを奥の部屋に放り込んでおけ」とだけ言った。

美和たちが監禁されたのは、物置代わりらしい三畳ほどの小部屋だった。自動車の内装部品が足の踏み場もないほど積み上げられている。扉が閉じられると、すぐに外から鍵がかけられる音がした。その音にまた落胆する。外の世界が一段と遠くなってしまった証拠だからだ。

だが諦めてはならないと美和は部屋の中を見回した。史生が、「ねえ、どうしよう」と美和の手をつかむ。

「逃げようよ。逃げなきゃダメだよ」

「でも、どうやって」

「あの窓を調べてみて」美和は採光のために設けられている横に長い窓を指差した。大人では無理だが、美和たちならそこを抜けられるかもしれない。

「無理。この窓開かないようになってるもん」

確かにそれは嵌め殺しになっていた。しかしそれだけに防犯用の格子はついていない。

「割ればいいよ」

「え？」

「何かで割っちゃおうよ」

美和たちはハンマー代わりになる金属部品はないかと部屋の中を漁《あさ》った。幸い幾つもの弧を組み合わせたような金属製の部品が見つかった。機械油で摑みづらいのを握り締め、窓に打ち付けると、鋭い響きをたてて窓ガラスは粉々に割れた。窓枠に残った破片を払うと、美和は準備しておいたシートを足場にしてよじのぼった。下から史生が押し上げてくれたおかげで、美和はすぐに外へ脱出することができた。

今度は史生の番だ。美和は外側から窓枠にかかった史生の手を引きあげる。だが窓の位置が高いので思うようにいかない。その上、物音で気づいたのか、戸を開けた男たちが怒鳴る声が聞こえた。美和が必死で史生の手を引くと、ようやく彼女はもがくようにしながら窓をぬけ、そのまま美和の上に倒れこんできた。二人は砂利を敷いた地面に転がった。

「早く行こう」

二人は立ち上がって走り出した。表の戸口から回りこんできた男たちが追ってくる。しかし、車のパーツが所狭しと並べられていて美和たちが走るのを邪魔する。足もとが危ないのみならず、放置されている車体やフォークリフトが遮蔽物の役割を果たして小さな迷路みたいになっている。

背後であっという声がし、ふりかえると史生が若い方の男につかまえられていた。史生は暴れるが、抱きかかえられて身動きを封じられる。

「待ってて。必ず助けを呼んでくるから」そう叫びながら、美和はセダンを回り込み、骨組みのようになってしまった大型ワゴンの中を潜り抜けた。その先に二人が連れ込まれた出口があり、アコーディオンカーテンが開きっぱなしになっている。美和は大型バイクの横を擦り抜けて外へ飛び出した。後ろで誰かが叫んだような気がしたが振り返らなかった。

路上に出てもそのまま走り続けた。男たちが追いかけてきて、今にも襟首を摑まれるような気がした。喉がゼイゼイいい、脇腹が焼けるように痛んだが、足を止めることができなかった。相手は大人だ。このままでは追いつかれる。どこかに姿を隠した方がいいのではないか。美和はそう考えて、道路の左手に見えてきた鉱夫たちの団地だったという建物の中に飛び込んだ。

コンクリートのかけらに躓いて転ぶ。膝頭を強く擦ってしまい痛みのために思わずうめいた。しかし、ここで立ち止まってはいられない。美和は立ち上がり、すぐ右側にあった階段を駆け上った。一階は壁も床も剝き出しで、下に赤ん坊の頭ほどもあるコンクリートの塊がごろごろ転がっている。二階にあがると、床の上に散らばった廃材が目についた。窓も木製の窓枠が残っているのはいい方で、たいていのものはただの四角い空虚になってしまっている。廊下の片側に、住居だったらしい部屋が並んでいる。そこもまたコンクリートと廃材の巣だった。もとは台所だったのか、その一角の壁から蛇口が突き出しているのに気づいてひねってみたが、案の定水は出なかった。しかし、そのことが初めて喉がからからに渇いていることを意識させた。

倒れるようにその場にへたりこむ。先ほどから追っ手の気配のないことが、張りつめっぱなしだった気持ちをゆるませていた。空き部屋が何十も並んでいるようなこの荒れ果てた建物の中に身をひそめていれば、そうそう見つかることはないかもしれない。そう考えると、美和は抱いた両膝の上に頭を伏せた。

突然背後から抱き竦められ、首筋に腕が巻きついてきた。熱い息がうなじにかかるのと同時に容赦なく腕が頸動脈《けいどうみゃく》に食い込んでくる。もがくことさえもうできなかった。気管をおさえられて息ができない。思い切り全身をくねらせ、足を蹴り上げても、体ごとすでに持ち上げられている以上、靴はむなしく宙を切るだけだった。男の腕は機械仕掛けの冷酷さで喉に加える力を極大化させていき、美和は初めて死を意識した。叫ぼうとしても、肺の中の空気はせきとめられていて微塵も動かない。生温かい尿が下着を濡らし、内腿を伝っていくのがわかった。最後に意識を失う前に、薄い唇に笑みを浮かべている大間知三樹雄の顔が網膜に焼きついてそのまま暗転した。

美和たちが岩下新町に出発したその日、朝の七時過ぎに目覚めた千秋はまず昨日の紗江良と交わした会話を思い出した。もし犯人が女装をしているとしたら一体何のためだろう。紗江良の言うように、一九五三年の事件を模倣しているのだとしたらなぜか。そんなことを考えているうちに、ふと例の映画のワンシーンが脳裏に浮かんだ。あの映画にも、少年がいつのまにか少女になっている場面があった。

その日、千秋は紗江良と昼に会う約束になっていた。だがその前にまた図書館を訪れるつもりだった。彼は美和に今日は何をするつもりなのかと尋ねたが、彼女の返答は要領を得なかった。孫たちの話を聞いているのかいないのか、とっくに食事を済ましてしまった祖父は、縁側で悠長に爪を切っている。

千秋が図書館に行こうと思ったのは、ササキから教えられた地下書庫というのを見てみようと考えたからだった。そこに、昔の岩下鉱山についてもっと役に立つ資料があるかもしれない。開架の棚に並んでいる郷土史の書籍はごくわずかだし、館内の端末で検索するにしても本当に求める本がヒットするとは限らない。

開館時刻の九時に訪れた図書館は、さすがに人が少なかった。カウンターで申請書を出すと、中年の職員が受け取って、かわりに入庫許可証というものをくれる。地下書庫へ向かうエレベーターは、千秋が初めて見るような年代もので、動き出すときにがたりと大きな音を立てて揺れて驚かされた。地下二階まで降りるだけなのに、エレベーターの動きは異様に遅く、四角い箱の中でじっと扉が開くのを待っていると、自分が鉱夫でもあるかのように深い奈落へ落下していく幻想に襲われた。

ようやく着いた書庫は、空調のせいとも思えないひんやりとした空気に満ちていた。切れかけた蛍光灯が、一定のリズムで点滅をくりかえしている。書棚のあいだの通路は狭く、体を斜めにしないと通り抜けられないところもある。空気中の埃がひどく、息を吸うたび咳き込みそうになった。

目当ての棚に行くと、案の定ずいぶん出版年度の古そうな本が並んでいる。千秋はそのなかから、『昭和岩下遺景　記憶のなかの人と出来事』という本を抜き出して、ぱらぱらとめくってみた。ふと目に留まったのは、「戦争末期の鉱夫たちの暴動」という見出しだった。書庫の隅に置いてあった古びた木の机に移動して読み始める。そこに書いてあったのは、中国大陸や朝鮮半島から連行されてきた鉱夫たちの悲惨な状況だった。太平洋戦争末期になると、日本人鉱夫の大半が徴用され、鉱山は深刻な人手不足に陥った。掘削機械類も故障と燃料不足のためほとんど稼動せず、坑道の補修も放棄されたため落盤事故や爆発が相次いだ。そのなかで、働かされ続けたのが強制的に連行されてきた中国人と朝鮮人だった。日に日に増える死者と怪我人、さらに極端な食糧不足への不満もあって鉱夫とその家族は暴動を起こす。
「一九四五年三月、岩下鉱山で起きた暴動は急遽弘前《ひろさき》から派遣された歩兵第五連隊によって鎮圧された。捕獲された鉱夫たちは逃亡防止のため全裸にされて雪中を行進させられ、山野に逃走した者も、飢えや凍傷のために動けなくなったところを一人ひとり捕らえられた。一般住民は家屋から出ることを禁じられ、何が起きているかも知らされないまま、暴動参加者の四分の一にあたる八十余人が憲兵隊によって夜分密かに処刑された。場所は普段は選鉱婦たちが鉱石を選り分《え》けている手選鉱場の内部であり、貴重な銃弾を消費すべきでないとして銃剣による刺殺だった。死体は荷車で運び出され、使われなくなった坑道に投げ込まれた」。

千秋の頭のなかで何かがスパークする。あの映画。刺し殺される男たち。あの場面はこの虐殺現場を映像化したものではなかったか。「殺された者のなかには女や子供もいた。廃滓《はいし》を沈殿させるために造られた池の水面には、十数体の死体が浮いていたという」。もちろんあの映画は事実そのままということではないだろう。脳髄で何千回何万回と反復されて独特に歪んでしまった記憶の中の光景の映像化だ。あの映画は誰かの頭の中をそのままフィルムに定着させたのだ。では誰か。一九四五年の凄惨な殺人を間近で目撃していた者だ。あのフィルムの中の少年。あるいは少女にあたる人物。大間知祐人ではないと千秋は確信した。年齢があわないし、あのような光景を記憶に巣くわせてしまった人間が有能な経営者でいられるなどとは思えなかったからだ。答えは明らかに思えた。もちろん脚本協力として名前がクレジットされていた設楽節に違いない。

不意に新聞で見た岩下キネマ倶楽部の写真が甦る。チャイナドレスを着た若い女。あれが設楽節ではないだろうか。女は十代の終わりに見えた。千秋は記憶の中から必死でその女の面影を彫りだそうとした。そして、気がつく。あれは女ではなく、女装した美しい少年なのだ。田原由美子が大間知本家で見たという「生贄の山羊」。設楽は大間知家の誰かの私生児だったと田原は言っていた。年齢的に大間知祐人の子供ということはありえない。しかし、大間知家の当主であった祐人の父の子だとしたら計算は合う。つまり祐人と設楽は異母兄弟なのだ。

だが、祐人と設楽の関係というのは本当にそれだけだろうか。なぜ祐人は弟の妄想を映画にする必要があったのだろうか。あのフィルムから感じられるのは、ひとつの病んでしまった精神の内部に対する強烈な関心であり、没入だった。祐人は設楽の脳髄に宿った悪夢を、そのままフィルム上に再現することにこだわった。それは平凡な兄弟の情をはるかに超えている。写真の中で、祐人の肩に手をおいていた設楽の姿を思い出して、千秋はひとつの可能性を思いついて慄然とした。祐人は設楽を愛していたのかもしれない。設楽は祐人の愛人だったのかもしれない。二人のあいだには奇妙に親密な雰囲気が漂っていた。印刷の悪い新聞の白黒写真からも感じられる淫靡《いんび》な花粉が放射されていた。もうひとつ千秋は思いついたことがあった。彼は立ち上がり、分厚い漢和辞典を探し出すと、節という文字をひいた。思った通りだった。節は「みさお」とも読む。セツではない。シタラミサオなのだ。ミーコの日記の一節が脳裏に閃く。小さい頃に「イッサンカタンソチュウドク」になって「ノーがいけない」ミサオちゃん。確か「チョウセンの人と一緒に」坑道に投げ込まれたと書いてあったはずだ。まわりに死体がたくさんあって「とてもこわかった」。そのときに「ノーがハカイされ」た。ミサオちゃんは二十歳近いのに、いつも子供たちと遊んでいた。彼は菓子や食べ物を持ってくるので子供たちに人気だった。彼なら警戒されずにヨーコのような女の子に近づくことができるだろう。何のために？　脳髄に巣食った幻想を現実化するために。

千秋はすべてのピースが今ぴったりとはまったのを感じた。祐人があくまで映画というかたちで弟の悪夢を映像化しようとしたのに対し、ミサオは現実にそれをやってのけたのだ。彼は子供のときに見た光景に永遠に閉じ込められていた。そこでは時間が凍りつき、ただ延々と同じ残酷な映像が映写された。それは閉じられぬよう瞼《まぶた》を縫いつけられたまま、映画館の客席に縛りつけられているようなものだっただろう。どのように醜悪でおぞましいイメージであっても、それが物語のかたちにまとめられているのなら、人はそれを理解することができるだろう。だが、あの映画はそうした〈かたち〉を持たなかった。あれはかたちのない悪夢そのものだった。ミサオは幼い記憶に刻印されたその粘液的で浸透性のイメージにとり憑かれ、正気を失ってしまったのだ。彼はそれを反復した。現実世界で、十年前の惨劇の断片を再現しようとした。同じ映画が何度も上映されるように。祐人はそれに気がついて、必死にミサオの関与を揉み消したのだろう。しかし彼は若くして亡くなり、ミサオの扱いに困った一族たちは彼を屋敷の離れに幽閉しておくことにした。監視の目がゆるんだときにミサオが逃げ出したか何かで一九七五年の事件が引き起こされたのかもしれない。子供であったササキが目撃したのは、もう壮年に達していたミサオだ。千秋は気がついたことを紗江良に伝えようと携帯電話を取り出したが、圏外になっていた。舌打ちして携帯電話をしまう。何とかしなければ。

「ねえ、そんなこと、どうでもいいよ」声がした。

振り向くと、書棚と書棚のあいだにカッツンが立っていた。薄青色のシャツを着て、いつもと同じ、どこか自分を恥じるような笑みを浮かべている。

「そんなこと、どうでもいいと思うよ」何も言えずにいる千秋に向かってカッツンはまたくりかえした。

「それよりも、一緒に遊ぼうよ」

千秋は古いエレベーターに閉じ込められたような感覚を味わっていた。背中を冷たいものが這い上がる。また会うとは思っていなかった。亡霊なのか、幻覚なのか、そんなことはどうでもよかった。

「遊ぶって、どこで――。ここは、図書館だよ」かろうじて掠れた声が出る。

「そうじゃないよ。僕の部屋で」気がつけば、いつのまにか書棚のあいだの空間が緑のジャングルへと滲み出している。不意に熱帯の果実特有の甘い腐臭がねっとりと匂ってきた。「新しい部屋なんだ。ここなら家賃もいらないし、誰の目も気にならない」

ホクマンホクシジャワラバウルブーゲンビル。カッツンは鼻歌でも歌うようにその呪文を唱えた。森の奥から猿たちの金属的な咆哮《ほうこう》が聞こえてくる。腹から内臓を垂らしたまま歩き続ける日本兵を見たというカッツンの曾祖父の話を思い出す。

「僕はもう怖くないんだ」カッツンはそう言って笑った。

「これまでずっと怖かった」

そう、怖かったのだ、と千秋は得心する。何が？　生きることが。たぶんその一点で千秋もまたカッツンとつながっていたのだ。でなければあの夏、毎日のように通うはずがない。時間のないあの部屋は隠れ家でもあった。あそこにいれば自分は一生成長することなどないのだと夢想していられた。

「知ってたよ」千秋は答えた。汗と生ごみの臭いのうっすらと漂うマンションでの時間が甦る。悔恨に苦く縁取られていたけれどもその思い出自体はどこか甘美だ。

「誰も助けてくれないし、誰も僕らのことなんて気づいてくれない。僕は、自分らが透明人間になったような気がした。いつかこのまま死んでしまうのかと思うと恐ろしかった」

そこで一度言葉を切ると、千秋に片手を差し伸べる。

「きみもそうだろう。毎日が不安で苦しくて息がつまりそうなんだろう」

千秋は不意をつかれてたじろいだ。

「そんなことない。楽しいことだってあるんだ」必死で打ち消す。

「そんなものは全部一瞬だよ」断言される。

「さあ、一緒に行こう。何も考える必要なんかない。世界とひとつになれば、もう世界を怖れなくてすむ」

千秋はかぶりを振りながら後ずさる。

「自由になりたくないの？」

「なりたいよ」

「じゃあ来なよ」

千秋は逡巡《しゅんじゅん》した。カッツンの手をとって深い森の中へ歩み入っていく自分の後ろ姿が見える。海流のように暗くて重い衝動が体の底から湧き上がってくるのを感じた。何もかも振り捨てる。千秋はじっとその思いに耐えた。

一瞬軽く二人の手が触れた。千秋は強い電撃のような痛みを感じてよろめき、隣の机にもたれかかった。載っていた本が落ちて大きな音を立てる。千秋はのろのろと手をひっこめた。

「ごめん。僕は行けない」

「そう。どうして」彼は尋ねた。

「僕はまだ何も知らないから」千秋は答えた。

「自分のことも、この世の中のことも何も知らないから。もっとよく理解したいんだ。この町のことも、この世界のことも」

「理解したい」カッツンはくりかえす。

「そう、知りたいんだ。どうして夏の空はこんなに青いのか、夜明けの風はなぜ冷たいのか、自分はなんでこんなにちっぽけなのか、未来に何が待っているのか」

　カッツンはしばらくじっと千秋を見つめていた。「そう」と無表情に言う。前にもこんなことがあったと思う。カッツンは初めて少しだけさびしそうに笑った。

「いつもごめん」千秋は謝った。生まれて初めてカッツンの体を強く抱きしめた。以前も同じように一人きりにしてしまったのだった。

「ううん。じゃあ、僕は行く」カッツンは手を振ると、背を向けてジャングルを歩き出した。その姿はたちまち緑の海へ溶けていき、葉叢《はむら》が織り成す黒い陰りにまぎれて判別がつかなくなってしまう。どこか懐かしい後ろ姿は消えた。

　千秋はしばらくその場に立ち尽くし、ただ薄暗いだけの書棚のあいだの通路を眺めている。

　そしてうつろな気持ちのまま、エレベーターに乗り、一階まで戻って建物の外へ出た。歩いているという意識はなかった。ただ、交互に両足を動かしているだけだった。気がつくと、川べりの緑地に出ていた。目の前の背の低い灌木に、三匹の黒揚羽が舞い寄ってきて、葉と葉のあいだを戯れるように飛ぶ。不意にその数が増えて見えることに千秋は驚いた。よく見てみると、真上からの強い日差しを受けて、肉厚の木の葉に蝶の影が落ちているのだった。蝶も影も、風に吹かれた花弁のように舞っていた。どちらが本体でどちらが影なのか、千秋にはもうわからなかった。影も本体も千秋には同じものだった。

彼は何か片付けなければならない義務のような気持ちで携帯電話を取り出し、紗江良に通話した。

「今すぐ図書館の前に来てほしいんだ」

「なに。どうしたの」

「幾つもの大事なことがわかった。待ってる」

それから次にジュリオと暮らしている田原に電話した。呼び出し音が十回も鳴ったあと、田原のどこか気だるい声がした。

「もしもし。この前お邪魔した滴原です」

「どうしたの。何かわかったことあった？」

「ええ、色々なことが。それと関係するのですが、以前あなたは設楽を見たことがあると言っていましたよね。では、今彼がどうなっているかご存じですか」

田原はしばらく考えるような間をおいた。「死んだ。確か七年前に。七十半ばといった年齢だったと思う」

「そうですか。じゃあもう少しだけ聞かせてください。その設楽と親しくしていた人は大間知家にいませんでしたか」

「どうしてそんなことを聞くのか気になるけどね」田原は鼻を鳴らした。「でも、まあいい。わたしの知るかぎり、そんな者はいないわね。大間知家の人間は、設楽の話をタブーにしていたもの。見えていても見えないかのように振る舞っていた」

「見えていても見えないかのように」

「そう。完全に透明人間みたいにね。そういう風にしていると、たぶん本当に見えなくなってしまうのよ」

「あとひとつだけ。大間知三樹雄さんを知っていますね」

「三樹雄。もちろん知っている。わたしより五つほど年下だからね。といっても親しいわけじゃないし、もう十年近く顔も見ていない」それからつけくわえた。「三樹雄が設楽と何か関係があるの」

「あるんですか」千秋は逆に尋ねた。

「さあ、知らないけど」しばらく沈黙があり、やがてためらうような口調で彼女は言った。

「あってもわたしは驚かない。三樹雄はとにかく変わった子だった」

「どういう風に変わっていたんです」

　また沈黙があった。きっとどう言ったらいいのか、唇をなめながら考えているのだろう。かすかなため息の音がした。

「三樹雄も私生児で、母親から引き離されて本家に引き取られたの。まあ、本当のところ母親も正常とは言い難い女でね、幼い三樹雄の体はあざだらけだった。まだ哺乳瓶をはなせないような幼児の頃の話だよ。それでこんな女に預けておけないといって大間知家がとりあげたんだけど、本当は三樹雄に関心があったのではなく、結局女に対する単なる嫌がらせだったのかもしれない。大間知の家でもまともな扱いを受けているとは思えなかったもの。猫の子なみに放置されていたというのがわたしが瞥見《べっけん》した印象ね。今ならネグレクトで告発されてもおかしくないレベル。本妻にしてみれば目障りだったんだろうし、他の親戚も無関心だった。そのせいか、三樹雄も決して周りと口をきこうとしないおかしな子だった。痩せこけて頭ばかり大きくて、可愛げのある子供じゃなかった。もっとはっきり言えば意固地で不気味な印象を与える子だった」それから彼女はちっと口の奥で舌打ちをした。「他人のあなたにこんなことまで知らせるのは誤りかもしれないけど、わたしはあの子が小動物を殺すところを見ているの。捨てられていた猫をつかまえてアスファルトに叩きつけてた。それまでそんな生き生きとした顔を見せたことがなかったからぞっとした。それ以来、三樹雄とはできるかぎり顔をあわせないようにしているの。そのあと、変に利発で明るい子になったのも気味が悪い」

「ありがとう」千秋は感謝した。「すべてがわかったら必ずご連絡します」

千秋は長いあいだ、その場にじっとうつむいて考えていた。紗江良が来たときも、塩の柱のようにそのまま立っていた。川からの強い風が千秋の頬をなぶっていた。しかし紗江良には急いで伝えなければならないことがあった。

「ねえ、今聞いてきたんだけど、やっぱり昨日千秋が言っていた場所でジュリオの姪のマリアの遺体が見つかったそうよ。あとね、千秋の言っていたササキという人、重要参考人だったのに、昨夜警察署から脱走したんだって」

「なんだって」千秋は驚いた。

「やっぱりササキが犯人だった可能性が高まったね」

「それは違うと思う」千秋は静かに否定した。

「犯人は大間知三樹雄だよ」

千秋は唖然とした様子の紗江良にわかったことを説明した。すべての始まりに戦時中の鉱山暴動とその鎮圧があること。祐人と設楽の関係。長年にわたって続けられた犯罪。

「あのフィルムが幻影座の倉庫に眠っていたなんていうのは嘘だと思う。もしそうならば、瀬川さんがキネマ倶楽部の作品と一緒に展示に出していると思うんだ。そうじゃなくて、あれは設楽が保管していたんだ。設楽の死後、三樹雄が手に入れた。それだけじゃない、三樹雄はフィルムと一緒に設楽の妄想まで自分のものにしたんだ。いや、もっと正確に言えば、三樹雄はすでに設楽に同一化していたから、当然フィルムも引き継ぐべきだと思っていたのかもしれない」

「でも、三樹雄はどうしてわざわざそのフィルムをわたしたちに見せたの。彼にとって何のメリットがあるわけ」

「メリットはない」千秋は認めた。「だけどそれを言うのなら、設楽もミーコにフィルムを見せる必要はなかった。設楽がそんなことをしたのは、彼がミーコに興味を持っていたから、ミーコに自分のことを理解してもらいたかったからだと思う。自分がどんなに苦しいか、どんな世界に住んでいるのかをわかってほしかった」

千秋は、よく理解できないというように大きく目をひらいている紗江良に念を押した。

「でも、もちろんそれは危険な兆候なんだ。彼はそうして自分が興味を持った女の子を次々に殺していったんだから」

「じゃあ、わたしたちも危ないっていうこと」紗江良は急に寒気に襲われたように二の腕をさすった。そして、はっと叫んだ。

「一番危険なのは史生と美和ね。ねらわれるのはいつも小さな女の子だもの」

「そういうことになる」

そのとき、紗江良の携帯が鳴った。電話に出た彼女の顔色がかわった。

「最悪のニュース」電話を切った彼女は引きつった顔で言った。「アジトに誰かが侵入したらしいの」

「アジトって、あの診療所のこと」

「そう。静が夜勤があけて帰ってきたら、部屋中が荒らされていたって」

「とられたものは」

「わからない。でも窃盗目的だったら、母屋の方をねらうんじゃないかな。それよりも、史生がわたし宛に書いた書置きを見られてしまったらしいの。わたしもそんな書置きがあるとは知らなかった」

「何て書いてあったの」

「今日、美和たちと一緒に岩下新町の様子を見てくるって」

千秋は思わず小さな悲鳴をあげそうになった。「まずい。相手は先回りしているかもしれない」

「ちょっと待って。今史生に電話してみるから」

しかし携帯電話の電源は切れていた。

「とにかく僕らも岩下新町に行こう」

「うん、今静が迎えに来てくれるから下の道路に降りて待っていよう」

十五分後、煽るような排気音とともに静の乗ったバイクが現れた。停車するなり、ヘルメットを放ってよこす。

「千秋はサイドカーに乗りな。紗江はあたしの後ろだ」

「部屋はどうなってるの？」紗江良が尋ねると静は顔をしかめた。

「ひでえもんだ。ぐちゃぐちゃに引っ掻き回された上に、あちこちに小便がかけてある」

あからさまにたじろいだ紗江良の顔を見て、静はにやりと笑って付け加えた。「精液の臭いも混じっていたかもしれないな」

「絶対とっつかまえてぶっ殺す」紗江良は叫ぶと頭をヘルメットの中に突っ込んだ。「早く行こう。史生たちが危険だ」

静は返事をするかわりに爆音を高らかに響かせた。

それから千秋は約半時間、冷や汗がときおり脇の下を伝うのを感じながら、ひたすら必死に鉄製のてすりを握りしめることになった。それまでバイクに乗った経験のなかった彼をまず驚かせたのは、前面から容赦なく押し寄せてくる風圧の強さだった。つづいて急角度のカーブを曲がるとき、しばしばサイドカーのタイヤが浮くことに肝を冷やした。以前紗江良が語ったところによれば、サイドカーを装着したバイクの運転には、通常以上の技量と腕力が必要で、下手だと容易にサイドカーごと横転するのだと言う。千秋はすぐ脇の切り立った斜面を意識しながら、ここでだけは横転はやめてくれとずっと祈っていた。

それでも道路に覆いかぶさっていた樹木の緑が切れて、小さな谷間に滑り込むころには、道路はゆるい弧を描くだけになっていた。周囲はなだらかな丘陵で、その向こう側にごつごつとした禿げ山が並んでいる。

やがてササキと来たときにも見た建物が流れていった。一瞬だけ、その建物の列が切れ、背後に鮮やかなエメラルドグリーンの水をたたえた水面が現れて消えた。

静がブレーキをかけ、千秋は前にのめりそうになるのをこらえた。静がヘルメットをとりながら、「ここで降りたはずだ」と路傍の停留所を示す。千秋もサイドカーから降りた。ずっと突っ張っていたので足が棒になってしまったような気がする。

「どこにいるんだろう」紗江良は苛立っていた。一面の草が風になびいている。

「もう一度電話してみよう」携帯電話を取り出した千秋は液晶画面を見てメールが来ていることに気がついた。排気音があまりに大きかったので着信音が聞こえなかったに違いない。「大変だ。美和たちが」二人に文面を見せる。

「コンテナのとこってどこだ」

そのとき、草むらの中から飛びついてくるものがあった。顔を涙と鼻水まみれにした颯太だった。

「お兄ちゃん」

「颯太。どうしてたんだ」

「美和たちが連れられて行っちゃったの。僕はずっと草の中に隠れていたの」

「美和たちは今どこにいるんだ」

「あっち」

彼らは颯太が指さした方向に一斉に駆け出した。

静が先頭になって、アコーディオンカーテンを引きあけて中へ飛び込む。

「おい、てめえら、何してやがんだ」静が吠えた。二人の男が史生に摑みかかっているところだった。

「おまえらこそ何してんだよ」若い男がこちらに歩いてくる。静は停めてある軽トラックを背にするように回り込んで、素早くファイティングポーズをとった。それを見た男は滑稽に思ったのか、ニヤニヤ笑いながらじりじりと間合いをつめてくる。

先制パンチを放ったのは静の方だった。パシッと乾いた音がして、男の首が横にねじれる。男は一瞬呆然とした顔をした。鼻に手をあてる。鼻血が唇の上を濡らしている。

「おらおら、かかって来いよ」静が挑発する。男は我にかえったように、大声を上げながら静に殴りかかり、軽くかわされて足を払われた。前のめりに倒れたところを静のエルボウドロップが入る。そのまま静は男の腕を背中にまわして体重をかけた。しかし、決まったか、と思った瞬間、禿頭の男が片手に持った鉄パイプを静の背に打ち下ろした。痛みのために、静の動きが止まる。つづけて第二打、第三打。突然静が跳ね上がって禿頭の男の足にタックルした。男はバランスを崩し、狙いの狂った鉄パイプがフロントグラスを粉々にする。静は男に立ちなおる隙を与えなかった。みぞおちに正面から蹴りを入れる。身を屈めたところを左右からワンツー。それから襟元を摑んで後ろの車に叩きつけた。そのまま胸もとに肘を打ち込むと、男はぐったりと頭を垂れて動かなくなった。

紗江良が「静」と叫んだ。若い方の男が立ち上がり、落ちていた鉄パイプを拾って大きく振り上げたところだった。静は目にも止まらぬ速さで向きなおると、ハイキックを男の延髄に叩き込んだ。男は酔っ払ったように地面に頽《くずお》れる。

「ちっ、武器なんか使いやがって、薄汚ねえやつらだ」静が血の混じった唾を吐いた。

「紗江良、警察と消防に電話してくれ。救急車だ」

「美和は？」

「美和は逃げたはず。会っていないの？」史生が言った。

「僕、捜してくる」千秋は走り出した。

「わたしも」紗江良もあとを追う。

だが一体どこを捜せばいいのだろう。千秋は道路の中央で立ち止まった。風だけが草むらをざわめかせている。道路から少し離れた部分に、公団住宅型の〈廃墟〉が一棟立っているのが見えた。千秋はとっさにそこに向かっていた。見物客たちが焚き火をしたのか、黒く焼け焦げた入り口をくぐり、階段を上る。後から紗江良が急ぎ足でついてくる。千秋は、何の当てもないまま廊下を早足で巡ってひとつひとつの部屋を覗き込んだ。ある部屋には野鳥が巣をつくり、糞と羽毛の強烈な臭いがした。ある部屋には破けたマットレスが、惨劇の舞台のようにポリエステルのはらわたを見せて横たわっていた。

「これじゃあきりがないよ。同じような建物が幾つもあるんだよ」紗江良が言った。

「畜生、どうしたらいいんだ」千秋はうめいた。

「一度、屋上まで行ってみましょう。見晴らしがきくかもしれない」

二人は階段を駆け上った。四階分上ったところで断ち切られたように光の中に出た。そこはテニスコートだったら三面は取れそうな広々とした空間で、周囲を背の低い手すりでぐるりと囲まれていた。その片側に、男一人が横たわれそうな給水タンクが据えられているのを見て、千秋は思わずぎくりとした。その中に美和が沈められているのではないかと思ったからだ。水中の車のトランクの中にあった少女の遺体からの連想だった。千秋はおそるおそるタンクに近づいて、縁に手をかけて中を覗き込んだ。タンクの内部に水は一滴もなく、ただビールの空き缶がひとつ落ちていただけだった。千秋は胸をなでおろし、手すりから身を乗り出すようにして周囲を眺めている紗江良の隣に立った。彼女の言うように、二人がいるのと同じような建物が、明確な規則性の感じられぬまま、虫歯に侵食された乱杭歯《らんぐいば》のように立っていた。それらは数十年にわたって数千人が関わってきたひとつの産業の無骨で巨大な墓標だった。

千秋は上を見上げた。団子状になった灰色の雲が競うように空を走っていく。雲は威圧的なほど近く感じられ、千秋はここが高地であることを思い出した。東京では雲がどれほど低く垂れ込めても、これほど接近して感じられることはない。

一陣の風が吹き、周囲の草が波のようにざわめいた。遠方で黒い鳥たちが一斉に飛び立った。「見て、あれ」と紗江良が叫んだ。鳥たちのあいだに、ぽつんと一点黒い人影がある。

千秋は必死で目を凝らした。草原の中で男がひとまわり小さな人間を抱いている。着ている服に見覚えがあった。美和だった。

千秋は一声叫ぶと必死で階段を駆け下りた。自分より背の高い草むらの中に飛び込むと、鋭い葉の縁が手の甲や頰を傷つけてうっすらと血を滲ませた。足もとは意外に湿っていて、じくじくと黒っぽい水がしみ出している。草の根が罠のようになっていて、何度も躓き、そのたびに膝まで泥にまみれた。

「紗江良、この近くに池があるよな」千秋は叫んだ。

「池？」

「普通の池じゃない。エメラルドグリーンの妙な色をしている。さっき見たんだ」

「沈殿池。鉱毒を濾過《ろか》しているの」

「ヨーコが浮かんでいた七色池ってのはそれじゃないのか」

「そうかもしれない」

「あいつはそこに向かってるんだ」

「でもどうして」

「あのフィルムのラストシーンはその池の畔だった」

　地面はいつのまにか下り坂になっていた。走る速度がどんどん速くなっていく。突然視界を遮っていた草むらがなくなり、目の前に山裾に沿うように作られたいびつな楕円形の水面が現れた。遠目からはコンクリートに見えた白っぽい砂利のようなものが周囲に敷き詰められている。

　三樹雄は美和を抱えたままその池のへりに立っていた。こちらを振り返り、じっと見つめる。その仕草からは驚きは感じられなかった。むしろ三樹雄の顔は無表情に見えた。

　二人はまた駆け出した。千秋には、美和を抱いた三樹雄の姿が、フィルムのラストシーンに登場する死児を抱いた女とだぶって見えた。そのシーンで女は子供と一緒に湖中へ入っていく。三樹雄もまた同じことをするのではないかと思うとますます焦りが募る。

　さほど距離をつめられないうちに、三樹雄は方向を変え、岸辺にある小屋に入っていった。やはり戦前に造られたものらしい石を積んだ円形の建物だった。

　千秋たちもまた、走りに走って建物の前に到着する。息があがって苦しかった。戸口の脇に打ち付けられた緑青に覆われた銅板に、第一沈殿池ポンプ室と刻まれているのがわかる。塗装の剝げ落ちた木の扉を強く叩く。しかし中からは何の反応もない。

　千秋は側面に切られた窓の前に回った。廃屋などによくあるように内側から板が打ち付けてある。千秋は焦《じ》れて足もとの石を取り上げるとガラス窓に打ち付けた。鋭い音をたててガラスは砕け散るが、板の方はびくともしない。

「千秋」と紗江良が叫んだ。横手にもうひとつ小ぶりの戸口を見つけたのだ。それは思い切り低く腰をかがめなければ通れそうもないくぐり戸のようなものだった。

「ここから入れそう」紗江良は戸口に鍵がかかっていないことを確かめながら言う。

千秋は小さくうなずくと、大きく息を吸い込み、戸を押し開けて一気に中に飛び込んだ。勢い余ってそのまま床に突っ伏した。床は板張りで、長年無数の靴底によって磨り減らされてきたためにささくれだってざらざらとしていた。部屋の中央には巨大なポンプがあり、そこから人の胴体ほどもあるパイプが延びていた。しかしそれだけだった。三樹雄も美和もいなかった。人が隠れられるほどの物陰もなかった。つづいて入ってきた紗江良も、呆然と室内を見回していた。

外から戸が閉められ、鍵がかけられる音がした。

千秋は飛びついて戸をゆすったが、戸板が木枠にぶつかる音がするだけだった。彼は閉じ込められたことを知った。何か戸を破壊するために使えるものがないかと見渡したが、ハンマー一つ、釘一つ見当たらなかった。

窓の外に人影が立った。美和を抱きかかえたままの三樹雄だった。

「やあ」と彼は言った。まるで道端でたまたますれちがった知人に投げかけるような挨拶だった。その声には熱も興奮もなく、むしろ物憂げで鈍重な調子があった。

「どういうつもりなの。どうしてこんなことをするの」紗江良が叫ぶように尋ねた。

「どうしてだろうな。俺にもわからない」

三樹雄は、今初めて自分が何を持っているのか気づいたかのように腕の中の美和を見下ろした。

「俺はこの子のことが好きだった。それなのに、いつも、こうなってしまう」

千秋はミサオの写真を見たとき、どうして初めてのように思えなかったのか理解した。それは三樹雄にそっくりだったのだ。すらりとのびた高い鼻筋や切れ長の目などが瓜二つだった。

「おまえたちは生きているのが地獄だと思ったことはあるか。あんまり苦しいんで何も感じないでいたら、どんどん自分が空っぽになっていく感覚がわかるか。一分一秒が地獄だと、人は感覚を断ち切ってしまう。見えているものを見ず、聞こえているものを聞かず、痛みを痛みと感じず、屈辱を屈辱だと気づかない。そのようにして、俺は凍りついた空っぽの部屋になった。空っぽの部屋に、怒りと哀しみだけが雪のように降りつもった。初めてあの映画を見たとき、空っぽの俺の中に何かが入り込んできてしまったんだろうな。それは俺を占領してしまった。それから俺はずっとそいつと一緒に生きてきた」

「そんなものわかるわけないじゃない」

「今となって唯ひとつ後悔しているのは、親父を手にかけなかったことだな。最初にあいつを殺《や》っておくべきだった。だがもっとよかったのは、最初から俺が生まれてこなかったことだ」

「設楽節と仲がよかったのね」

「そうだな。爺さんは俺をかわいがってくれたからな。一族の中では唯一まともな人間だったよ。同時に一番病んでいたわけだけどな」

「あなたも病んでいる」

「病んでいるといえばみな病んでるさ。大間知家の財産は、みな戦争中の強制労働で築かれたものなんだから」

「わかったようなこと言わないでよ」紗江良が金切声で叫んだ。

三樹雄はその声が聞こえないかのように話し続けた。

「ある日爺さんは俺に縄をわたしてこれで首を絞めてくれと言った。だから絞めた。俺は怖くて小便を漏らした。それが俺が人を殺した初めだ。今ではもうずいぶん昔のような気がする。そのとき、年をとってから死ぬのは惨めだからやめようと思った。その癖、今まで生きてしまった」

それからふっと遠くを見るようにして言った。

「できるなら一度映画を撮ってみたかったな。あんな、祐人が撮ったようなやつではなくて。もっと静かで落ちついたものを」

「どうでもいい。美和を返してくれ」千秋が言った。三樹雄ははっと一声高く笑った。

「返してほしいのか」

「返してほしい。お願いだ」

三樹雄は何かを考えるような目つきになった。三白眼が鈍く光る。

「そうだな。返してもいい。だが、返さなくてもいい。俺にとってはもうどっちでも同じだ。しばらく時間をくれ。どうするか決める」

息詰まる時間が流れた。千秋には、それが数秒なのか、数十秒なのか、それとも数分なのかわからなかった。時は水飴のようにねっとりと凝固して、一切の呼吸を不可能にしてしまった。音さえも世界から失われた。千秋はまったき真空の中にいた。

「駄目だ。やはりこの子は俺がもらう」

三樹雄はぼそっとそう言うと、くるりと背を向けて水面の方へ歩き出した。その先には、木製の桟橋が池の中央に向けてまっすぐに延びていた。千秋からは割れた窓ガラス越しに、ゆっくりと遠ざかっていく三樹雄の背中と、彼が抱えている美和の体の一部が見えた。緑色の水を背景にして、美和の足が所在なげにぶらぶらと揺れていた。隣で紗江良がすすり泣く声だけが聞こえていた。

そのとき、岸辺にあったコンクリートの遮蔽物の陰から、小柄な人影が飛び出してきて、脇から三樹雄に摑みかかった。千秋はその人影がササキであることに気がついた。三樹雄は倒れ、美和の体は桟橋の上に投げ出された。二人はしばらく揉みあっていたが、やがてもつれあうようにして水中に落ちた。水しぶきが高く上がり、窓枠に邪魔されて何が起きているのかよく見えなくなった。それでもやがて水音も消えて、水面は再び元の静けさを取り戻したかに見えた。千秋たちは固唾《かたず》をのんで水面を見つめつづけた。ササキの体が水中から浮かび上がった。最初、それはすでに生命を失っているように見えたが、緩慢に桟橋に近づき、ゆっくりと体を引き揚げることによって、まだかろうじて活動を停止していないことを証明した。三樹雄の方はいつまでたっても浮かんでこなかった。

ササキは、よろけながら桟橋の上の美和を抱き上げた。そして小屋の隣まで来ると窓から中を覗き込んだ。濡れそぼった髪が顔のまわりにはりついている。

「ササキさん」千秋は言った。

「舞ちゃんがここへ来いと言った。さもないと、また女の子が暗いところへ連れて行かれるって」

「ありがとうございます」

その言葉を聞いて初めて、ササキはにっと笑った。

美和は重苦しい暗闇の中にいた。何トン、何十トンもの土と石とが作る暗闇だ。ゆっくりと瞼が開いていく。闇は、粘性を持ったインクのように瞳孔に流れ込んだ。美和は何一つ知覚することなく、自分がどこにいるかをはっきりと認識した。深い坑道の奥。おそらく、岩下鉱山でもっとも古く、もっとも危険だとされてきた縦坑の最深部だ。美和のいる場所と日の輝く地上のあいだには、分厚い岩盤が横たわっている。

美和はそろそろと上体を起こした。そのとき、手をついた場所にあった何かが、さくりとかすかな音をたてて崩れた。何だろう。拾い上げてみる。握ると手の中で灰のようにかたちを失う。骨だ、と彼女は気づいた。地面をまさぐると、また大きな骨のかけらが見つかった。この場所には幾つもの人骨が、朽ちて崩れるようになるまで放置されているのだった。

いつのまにか炎が現れていた。炎は地面の割れ目のようなところから揺らめきながら立ち上がっていた。その明かりに照らされて、暗がりの中に幾人もの人影が立っている。老人もいれば若い男もいる。老婆、それから幼い女の子たち。ふと気づくと、手で握っていた先ほどの骨のかけらさえ、肉と皮膚を備えた幼い少年の腕にかわっているのだった。颯太くらいの年頃だろうか。少年はじっと美和の手首をつかんでいる。泥で汚れた顔、細く華奢な肩。彼らは、いつか夢で見た炎の中で苦しんでいた人影だった。殺され、棄てられたものたち。かわいそうに、と美和は呟いた。不意に悲しみが突き上げた。どこの誰かはわからないけれど、苦しかったろう、辛かったろうと美和は思った。

だが少年はにっと笑った。ここまで来てくれてありがとう。もう行かなくちゃ。俺たちひとつところに長く居すぎたよ。

突然激しい風が吹いた。炎が高く伸び上がり、扇のように虚空に広がった。眩しさに思わず目を閉じる。次に目を開いたとき、あたりは再び漆黒の闇に戻っていた。もう人の気配はない。行ってしまったのだ、と美和は思った。

暗い。針の先ほどの光もない。どこか、遠くでかすかに水音がするほかは、何の物音もしない。もしかしたらわたしもすでに死んでいるのかもしれない。美和は推測する。いや、たとえそうでなくても、結果は同じことだろう。もう二度と、光と風とをこの肌で感じることはないのだから。

「そんな風に考えたらだめ」

耳元で声がした。まだ小さな女の子の声だ。美和はまだ誰かいたのかと身じろぎをし、声の主を確かめようとした。

「ほら、見て。とてもきれいでしょ」

小さな手が美和の髪を後ろからまさぐった。その手によって髪留めが抜き取られる。いつのまにか柔らかな光があたりを満たしている。髪留めにつけられた石が、薄青く発光しているのだった。

「あなた、誰」

美和は、髪留めを握ったまま微笑んでいる少女に向かって言った。質素な衣服を身につけて足には下駄を履いている。

「わかるでしょ」

「ミーコ?」

彼女はうなずいた。「何だか不思議な感じだよ。だって、わたし、美和と初めて会う気がしないの」

美和もうなずいた。「わたしもずっと前から知っているみたい」

ミーコは髪留めを持ったまま、美和の手を握り、高く掲げた。

「いい。いくよ」その声と同時に、髪留めの石から真っ青な光がほとばしって二人を飲み込んだ。光の噴水の中に飛び込んだようだった。そればかりか、その光に触れた瞬間、周囲の岩肌もかすかに同質の光を放ちながら次々に透き通っていくのだった。

気がつけば、二人はガラスのように透明な深い水の中にいた。上下左右どこを見回しても、かすかな青い光に包まれていた。美和はふと、水中の遥か下の方で白い糸のようなものがゆったりと円を描いて舞っているのに気がついた。なぜか目が離せなくなるような生き生きとした躍動的な動きだった。そして、それが糸くずなどでないことは明らかだった。それは物凄い速度で美和たちに向かって上昇してきながら、巨大な体軀を顕しつつあった。目も眩《くら》むような白銀の龍だった。美和はその美しさに身震いした。龍が美和たちのかたわらを螺旋《らせん》を描きながら稲妻のように通り過ぎたとき、そこからは確かに純粋な喜びの波動が伝わってきた。

「ニウヅヒメね」美和は呟いた。

「悪しき戒めから解き放たれたの。憎しみという戒めから。さしあたり、今はね」ミーコは言い、それからつけくわえた。「神は喜びも苦痛も分け隔てなく与える」

再び沈黙が落ちた。しかし、美和には何もかもが変わってしまったことがわかっていた。彼女の体の奥底から泉のように活力が湧き上がっていた。それはほんのわずかなしずくを加えるだけで、器の縁を越えて全身から溢れ出しそうだった。

「さあ、行こう」ミーコが言った。

「どこへ」

「もちろん、みんなが待っているところへ」

二人は手をとりあって駆け出した。駆ければ駆けるほど体が軽くなり、ますます速度が速くなった。二人は離陸した飛行機のように一気に上昇した。走りながら美和は、それまで遠い水音だと思っていたものが、実は母親の呼び声であることに気がついた。泣きながら美和の名を呼んでいた。その声に導かれるようにして駆けつづけ、やがて眩しく輝く水面を突き破って飛び魚のように空に飛び込んだ。

泣き腫らした母の顔が美和を見下ろしていた。その隣に頬のこけて土気色にかわった父の顔もあった。

二対の瞳はしばらくぼんやりと美和を見つめた。それからまた急に涙が母親の目の縁に盛り上がると、「美和ちゃん」と呟いて彼女の頭を抱きしめた。普段はちゃんづけなんてしないのに。父親までその手を母親に重ねた。二人のこんな姿を見るのは初めてだった。

結局、美和は五日間病院にいた。父親は三日いて、仕事があるからと先に帰ったが、母親はずっと祖父の家に泊まって毎日病院に通ってきた。唯島姉妹も一度見舞いに来た。史生が持ってきた新聞の切りぬきには、「小学生お手柄。自動車窃盗団逮捕《せっとうだんたいほ》導く」の文字が踊っていた。

退院した翌日、彼女は祖父には言わないままアマザワ先生の家を訪れた。しかし以前緑のあいだにあってひっそりとしていた門前には、今日は大型のワゴンが停まり、黒いスーツを着た二人の男性が張り巡らされた黒白の鯨幕《くじらまく》を畳んだり、花輪をしまったりと忙しく立ち働いていた。

美和は、その二人の様子を気にかけながら、そっと門の内側を覗き込んだ。男たちが特に止める気配もないのでそのまま中に入り込んだ。

ひとたび内側に入ってしまうと、その家はやはり普段とかわりないようだった。ただどこからか、ザッザッと庭を掃く音がしている。うっそうと繁った夏草をかきわけて庭へまわる。そこだけちんまりと植物の侵食から免れたような庭の一角に立って、斉藤さんが静かに箒を動かしていた。その姿が黒い喪服であるのを見て、美和はあらためてがっかりとする思いを味わった。

「あら、美和ちゃん」斉藤さんが顔をあげると、眩しそうに目を細めて微笑んだ。「来てくれたの。嬉しいな」

「アマザワ先生は」美和はためらいながら聞いた。しかし聞く前に答えはわかっていた。

「そう、亡くなったの」斉藤さんはゆっくりとうなずいた。

「昨日、お葬式で、わたしも色々とお手伝いして、今もようやく後片付けが終わったところなの。でも片付いてしまうと何だか寂しくてね、ついついやらなくてもいい庭掃除なんて始めちゃった。今、お茶を入れるからお勝手にまわってくれる」

「いいんです。お茶なんて」美和は押しとどめる。「本当はアマザワ先生にいろいろ聞きたいことがあった。いや、聞いてほしいことがあったんだけど、残念です」

「そうね。わたしも先生にいろいろ聞きたいことがあったな。でもろくに話もしないで逝っちゃった。時間だったらたくさんあったのにね」

そのまましばらくうつむいていたが、やがて帯の下からハンカチを取り出すと目尻をそっと拭った。

それから小さくため息をついて言った。

「わたしね、子供のときに、先生のお父さんに言われて父のいる東京に出て行ったの。それも周りの人間には言わない方がいいって、友達にも挨拶せずにこっそりと。そのときね、一緒に東京までついていってくれたのがまだ中学生だったアマザワ先生だったの。わたし、夜行列車なんて初めてでね、緊張しているわたしの手をずっと握っていてくれたの。昔から優しい人だった」

美和はしばらく考えてから言った。「先生のことが好きだったの?」

「ううん。違うの」斉藤さんは大きくかぶりをふった。「わたしは東京で働いて、結婚もして、平凡だけどまあ悪くないかな、という人生を送ったわ。でも子供たちが独立して、夫が亡くなったあと初めてこの土地に帰ってみたいって思ったの。それまでは怖かったのね。何十年も足を踏み入れなかった」

一息おいてからまたつづけた。

「アマザワ先生の家は代々神主の血筋だったの。それで自分たちのようなものの役割は、荒ぶる神があればそれを鎮め、恵みをもたらす神があれば感謝をささげることだとよく言っていた。日本の神様っていっぱいいるけど、本当は名前も何もない、生きとし生けるもののあいだに磁場みたいに広がっている大きな力のことだって言うの。それは光や風みたいなもので、いつでも大地を循環しているんだって」

ふうん、と美和はうなずく。光や風。そういえばあの暗闇の中でも、かすかな水音が彼女の目を覚ましてくれたのだった。美和はまだ心で先生の面影を追っている様子の斉藤さんをしげしげと眺めた。ことん、と腑に落ちるものがあった。

「ミーコ」

え、と斉藤さんの表情に驚きの色が動く。

「斉藤さんってミーコなんでしょう」

斉藤さんの顔全体にゆっくりと笑みが広がった。

「気づいたの」

「うん、今気がついた」

「先生のお父さんが、わたしが悪いものに目をつけられているから、この土地を離れた方がいいって強引に勧めたの」

「じゃあ、あの文集は」

「そう。あれも先生のお父さんが、わたしを死んだことにするためにに。ごめんね。わたしも後であんなものが配られていたことを知ってびっくりした。先生のお父さんは、悪霊を祓うには、一度死んでまた生まれなおすしかないんだって言ってた」

「一度死んで生まれなおす」

美和はくりかえした。そういえば、自分も一度地の底で死んだのかもしれない。

「先生は、最後まで美和ちゃんのことを気にしていた。岩下に行けと言ったけど本当に良かったんだろうかって。だけど、あの子ならきっとヒメを鎮めてくれるって」

「どうして？　どうしてそう思ったの」

「さあ、どうしてでしょうね。だけど、わたし年をとって身近な人を亡くすようになってから思うことがあるの。それはね、人というのは本当は見えている世界と同時に、見えない世界でも生きているのじゃないかということ。だって、わたしは、夫やアマザワ先生が、この世界から消えてなくなってしまったなんて思えないもの。見えないし、触れることもできないけど、きっとまだ存在しているような気がするの。そして、ごく稀にだけどね、見える世界と見えない世界のあいだに開いてしまった風穴から、どっと何かが吹き込んでくるのを感じてしまう人間がいる」

「アマザワ先生は、わたしのことを笛だと言ってた」

「笛？」

「宇宙の風が吹き抜けていく笛だって」

「そう」斉藤さんはゆったりと笑った。「わたしたちは笛だったのかもしれないわね。他の人から見たら調子っぱずれに聞こえるかもしれないような、ちょっと奇妙な音を出す笛。だからアマザワ先生は、わたしや美和ちゃんのことが気になったんだと思う。先生が美和ちゃんのことを心配していたのは本当よ。もし美和ちゃんに万が一のことがあったら自分は死んでも死に切れないって最後まで……」斉藤さんの声がまた涙まじりになった。

「昔、同じことを先生のお父さんもわたしについて言っていたらしいの。この土地に降り積もった恨みを祓うにはわたしがここにいた方がいいのかもしれないって。でも、わたしはこの土地を離れてしまった」斉藤さんは両手で美和の手を握った。

「ありがとう。美和ちゃん。ここに来てくれて。わたしからもお礼を言う」

「ううん。わたしこそ。そうだ、これ」美和は髪留めをはずした。

「それは美和ちゃんが持ってて」

「ありがとう。また会えるかな」

「そうだね。きっとどこかで」斉藤さんはもう一度涙を拭いてにっこりと微笑んだ。

「あ、電車来たよ」颯太が叫んだ。

臙脂色の車輛がゆったりと緑の木々のあいだを縫ってやってくる。

「それじゃあ」千秋が言うと、紗江良が幾分照れくさそうに片手を差し出した。

「来年の夏休みも来るんでしょ」

「うん、たぶん」

「たぶんじゃないよ、来なさいよ」

「だって来年は受験生だぜ」

「馬鹿ね。こういう小さな町の方が落ち着いて勉強できるのよ」

「かもね。今年は全然できなかったけど」千秋は苦笑した。

「あ、そう？　わたしはいろいろ学んだよ」紗江良は真顔で言う。「学校なんかよりずっとたくさん」

「もし、またこの町に来たら」千秋は言った。「もう一度ササキさんに会いたい」

紗江良はうなずいた。「大丈夫、きっとそのころにはもうよくなってるよ」

ササキはあれ以来、精神科に入院したままだった。だが紗江良の父親が医者同士のよしみで聞きだしたところによると、以前よりむしろ穏やかな顔つきになったという。

電車がホームに滑り込んでくる。千秋は紗江良の手を握ったままだったことに気がついてあわてて手を離した。空気音とともに扉が開いて千秋たちは中に乗りこんだ。

「じゃあ本当に手紙ちょうだいね」と史生が言い、「うん、週に一回送るから」と美和が返事をする。二人はどうやら文通の約束をしたらしい。

扉が閉じる。列車が動きだす。盛大に手を振っている唯島姉妹を残したままプラットホームが遠ざかっていく。

母親が携帯電話を取り出して、今七重を出たから、と父親に連絡している。どうやら離婚は無期延期になったらしい。これから先のことはわからないけれども。

「ほら、お祖父ちゃんがまだいるよ」

美和が駅前に停めてある軽トラックを指した。祖父はやっぱり運転席にいる。こちらの方を見ていないけれど、本当は意識しているのだと今ならわかる。

列車が長い鉄橋を渡りだした。真下に涼しげな清流が流れている。

千秋はこの町に初めて来たときのことを思い出した。あれからまだ三週間程度しかたっていないことに驚く。紗江良の言う通り、いろいろなことがあり、いろいろなことを学んだ。学校では学べないこと。そのほとんどは暗く凄惨な物語を伴っていて、その記憶は今でもかさぶたの下の傷のように疼《うず》いている。

不意にササキの言葉が甦る。そうした記憶も今は心の奥に沈ませておけばいい。たぶんそうだ。自分の持ち時間はまだたくさんある。夏はこれから何度でも巡ってくる。

「あ、蝶」

扉の近くに立っていた美和が小さく叫んだ。その声に千秋も振り向いたが、蝶の姿をとらえるよりも先に、列車がトンネルの中に滑りこんだ。

解説

金原瑞人

一読して、潔く面白かったので、早速メールで「文庫の解説書きます！」と、編集者に返事をしたまではよかったんだけど、実際に書き始めてみて、困った。

まずい。

もう二十五年以上も書評を書いてきて、いまさらなにを困っているんだと自問しつつも、この作品の紹介は難しいなと思う。

ミステリ？　幻想小説？　ファンタジー？　ジュブナイル？　ヤングアダルト？　文芸？　エンタテイメント？

どれにもあてはまるけど、どれからも見事にはみだしてしまう。それが、この『黒揚羽の夏』だ。

おそらく一九六四年、中井《なかい》英夫《ひでお》の『虚無への供物』が出たとき、当時の読者はよい意味で面食らったと思う。それはそれまでにない、とらえどころのない作品を目の前に突きつけられたからだ。

この作品のゲラを読んで、まっさきに頭に浮かんだのは『虚無への供物』だった（そんな小説知らない、という若い読者にはごめん）。

じつは、作者の経歴・履歴、いや、それどころか性別も年齢もまったく知らないで、これを読み終え、この解説を書いている今も知らないままなので、作者が中井英夫を意識して書いたのか、まったく知らないまま書いたのか、それさえわからない。

しかし、とてもよく練られたミステリとして、不思議で不気味な味わいを持つ幻想小説として、時空を超越するファンタジーとして、子どもを主人公にしたジュブナイル物として、とくに感性の鋭いヤングアダルトむけの本として、ミステリでもヤングアダルトでもない文芸作品として、文句なく楽しめるエンタテイメントとして、後々まで読みつがれていくことは間違いないと思う。

主人公は中二の千秋、小五の美和、小二の颯太。三人が両親の不和のために、田舎の祖父の家にやられるところから物語が始まる。

東京から新幹線で北に三時間、それから二両編成の列車にしばらく乗って、三人は「七重」という駅で降り、さらに軽トラにゆられて祖父の家へ。

暗がりでじっと横たわっていると、畳の匂い、草の匂い、そして庭のどこかで香っている甘い花の匂いが、夜の大気のなかで混然となって漂ってきた。千秋はこの家の外に広がっている水田と雑木林を思い、その先の小さな町を思い、さらにその向こうに広がって

いる茫漠とした広大な暗がりを思った。それは父や母がいる東京までつながっていた。（19頁）

のんびりした山の中で、三人を待っていたのは、癒しでも慰めでもない。千秋は川遊びの最中に水死体に遭遇する。

トランクの中にいたのは、青白い蠟のような肌をした十歳くらいの少女の死体だった。ふわりと扇のように広がった髪の毛が流れになぶられて頰のまわりで揺れている。薄く開いた唇から小さな泡とともに黒っぽい血の筋が立ちのぼった。少女はまばたきもしない。肉食の魚にでもつつかれたのか、片側の頰に穴が空いて、顎の付け根の白い骨が覗いていた。（64頁）

一方、妹の美和は、ここにきて早々、水たまりのなかから、「赤い服を着た髪の長い女が物凄い目をして睨んでいる」のを見たかと思うと、拾った携帯に電話がかかってきて、「たすけて」という女の子の声を、その声が途切れたあとに「ねえ、あなたもこっちにいらっしゃいよ」という女の声を耳にする。その晩、戦後まもなく死んでしまった少女の日記を発見する。

やがて、この町では「立て続けに子供が誘拐されている」ことがわかってくる。そしてそれだけではなく、六十年ほど前にも同じような事件があった。いや、それだけでなく、その間にも……

いったい、この場所はなんなのか。

この町の陰惨な現在と過去の狭間で翻弄されるうちに、千秋と美和の心に抱える暗い記憶がふたりを責めさいなむと同時に、謎の解明に駆り立てる。

しかも、このふたりに、さらに「このへんでは最強の武闘派少女ペア」と呼ばれている、妙に前向きな唯島シスターズがからんでくる。

いったい、この作品は読者をどこへ連れていきたいんだろう。

読み進むうちに、物語は錯綜し、あちこちでショートして火花を散らし、ミステリという枠を逸脱して、狂気にも似た心理の深層にまで突き進み、それを強烈なイメージで読者に投げつけてくる。


カメラは少年の体を撫でるように下りていき首筋からはだけた胸もとを映し出した。そこには大きな傷口があった。白黒なので当然色はなかったが千秋には桃色の肉の裂け目が見えるような気がした。その傷口から何かが這い出てくる。ゆっくりともがきながら肉と肉の隙間から自分の体を押し出してくる。蝶だった。（177－178頁）

約五ページも続く、この場面はこの作品のひとつのクライマックスで、何度読んでも読み飽きないほど濃密で生々しく、非現実的なのに、ぞくぞくと現実的に迫ってくる。ダリとブニュエルの『アンダルシアの犬』や、ホドロフスキーの『エル・トポ』を初めて観たときの戦慄が全身を走る。

いったい、この作品は読者をどこへ連れていきたいんだろう。『黒揚羽の夏』は、そんな不安を最後まであおりながら、最後の最後で、息を飲むほど鮮やかなエンディングに読者を導いてくれる。

そこにちょっとのぞくセンチメンタルな切なさもまた魅力的だ。

ミステリ好きにも、推理小説好きにも、探偵小説好きにも、幻想小説好きにも、ジュブナイル好きにも、ヤングアダルト好きにも、文芸好きにも、エンタテイメント好きにも、勧めたい一冊。

（翻訳家、法政大学教授）

本書は、二〇一〇年に実施された第一回ピュアフル小説賞の大賞受賞作を加筆、修正したものです。

本文中の引用文は、『荘子』（森三樹三郎訳・中公クラシックス）をもとにしています。